FEMME
PASSION

Dans la même collection

MARY ANN TAYLOR

UN AMOUR D'ENNEMI

PRESSES DE LA CITÉ
PARIS

Titre original :
My enemy, my love

Première édition publiée par Pageant Books, 225 Park
Avenue South, New York 10003.

Traduction française d'Hubert Tézenas

© 1988, by Mary Ann Taylor.
© Presses de la Cité, 1990 pour la traduction française
ISBN : 2-285-00008-1

1

EN entendant une voiture s'engouffrer en rugissant sur le parking, Harry Dunbar délaissa la maquette de la page centrale du *Courrier* de Carmel et courut à la fenêtre

— Foley! s'écria-t-il par-dessus son épaule. Prépare-toi, il va y avoir du grabuge! Elle vient d'arriver. Sapristi, une vraie tornade! A la manière dont elle conduisait, je peux te dire qu'il y a de l'électricité dans l'air! Écoute... Tu l'as entendu claquer sa portière? Tout le monde aux abris!

Dans l'arrière-salle, Tim Foley s'arrêta au beau milieu de la phrase qu'il était en train de composer sur la vieille linotype et passa la tête dans l'encadrement de la porte du bureau.

— Nom d'une pipe! dit-il. Je parie qu'elle vient d'apprendre qu'ils ont avancé à ce soir la réunion du conseil municipal!

Prudemment, il retourna aussitôt se réfugier derrière sa machine d'imprimerie. A l'extérieur, le bruit de talons qui résonnait sur le bitume se rapprochait irrésistiblement. Tout à coup, la porte d'entrée s'ouvrit en grand et une jeune femme fit irruption dans le bureau, brandissant un écriteau. Sous sa crinière d'un roux flamboyant, ses yeux verts lançaient des éclairs.

— Ils ne s'en tireront pas comme ça, vous pouvez me croire! cingla Suzanna Dale en toisant Harry Dunbar. Pas tant que je serai vivante! Et pourtant, tous les moyens sont bons! Regardez-moi ça!

D'un geste sec, elle tourna l'écriteau vers Harry.

— Vous avez vu ce que trament Arnold et ses acolytes? Depuis ce matin, tout Carmel est envahi par ces affiches!

Elle poussa un soupir furibond.

— Je n'arrive pas à le croire, reprit-elle. Qu'est-ce qu'ils s'imaginent? Qu'ils pourront faire passer leurs magouilles dans mon dos?

D'un geste rageur, elle jeta l'écriteau sur son bureau.

— Personne ne m'a prévenue? Personne ne m'a dit que cette réunion serait avancée! C'est quand même curieux! En tant que directrice et rédactrice en chef du seul journal de Carmel, je devrais être informée à temps de toutes les réunions municipales. Sinon, comment voulez-vous que le *Courrier* les annonce?

Harry, qui pour sa part cumulait les titres de directeur commercial, rédacteur en chef adjoint et homme à tout faire du *Courrier*, se rassit devant sa maquette.

— Calmez-vous, Sassy, dit-il d'un ton placide. Les types de la mairie ont peut-être simplement oublié de vous prévenir, ce sont des choses qui arrivent.

8

En son for intérieur, il n'était pas loin d'éprouver envers les coupables une certaine indulgence. Sans doute souhaitaient-ils que, pour une fois, la réunion du conseil municipal se déroule sans incident.

La jeune femme poussa un grognement sceptique, se laissa tomber dans son fauteuil pivotant et ôta le cache de sa machine à écrire. Après avoir silencieusement fixé le clavier pendant un long moment, elle plissa les yeux et commença de faire voler ses longs doigts sur les touches sonores. De temps en temps, elle hochait rageusement la tête, comme pour ponctuer ses phrases. Bientôt, elle s'arrêta, se carra dans son fauteuil pour se relire d'un œil menaçant, puis reprit sa frappe.

Soudain, elle s'arrêta de nouveau et se retourna sur son fauteuil pour fixer sur Harry un regard chargé de soupçons.

— Vous étiez au courant? interrogea-t-elle.

— Voyons, Sassy, répondit tranquillement celui-ci, bien sûr que non! J'ai découvert la nouvelle ce matin, en venant au bureau.

— Excusez-moi, Harry. Je ne voulais pas vous offenser, mais je ne supporte pas qu'on essaie de me jouer des tours pareils.

L'auteur d'une telle manœuvre, elle s'en doutait, ne pouvait être qu'Arnold Burtis. C'était bien son style de n'annoncer l'avancement de la réunion du conseil municipal qu'après le bouclage de l'hebdomadaire local. Après avoir subi une opération à cœur ouvert, le maire était toujours à l'hôpital. Il tenait donc une chance unique de faire accepter son grand projet de développement immobilier, surtout si Sassy, prise de court, n'avait pas le temps d'organiser l'opposition ou d'écrire un éditorial à ce sujet.

Par chance, sa voiture ayant émis la veille au soir des bruits plus que suspects, elle avait dû renoncer à la dernière minute à partir pour quelques jours à San Francisco. Un problème de différentiel, avait aussitôt diagnostiqué le mécanicien du garage d'Andy. Ce qu'elle avait pris pour une catastrophe s'avérait finalement être une bénédiction. Sans cette panne, Arnold et sa clique auraient fait voter ce qu'ils voulaient.

– Burtis croyait pouvoir me rouler. Ce soir, lui et ses amis n'auront qu'à bien se tenir!

Ciseaux en main, Harry pouffa dans sa barbe. Sans doute Arnold allait-il regretter de s'être attaqué à Sassy Dale.

Plissant les yeux, la jeune femme relut une dernière fois son texte et hocha la tête, satisfaite. Si la réunion de ce soir tournait à la foire d'empoigne, elle serait prête. Elle ôta la feuille de la machine et traversa le bureau d'un pas martial pour rejoindre l'arrière-salle.

– Tim! lança-t-elle à son entrée.

La tête grisonnante du vieil homme apparut au coin de l'antique linotype.

– Oh! bonjour, Sassy.

– Je veux que vous me tiriez ceci à plusieurs centaines d'exemplaires, ordonna-t-elle en lui tendant sa feuille. C'est très urgent, Tim. Il me les faut pour ce soir.

Il la lui prit des mains, se cala sur son fauteuil, rajusta ses lunettes de la pointe de l'index et, sourcils levés, se mit à lire.

Quand il eut fini, il poussa un long sifflement et releva les yeux sur sa jeune patronne.

– Vous y allez fort, Sassy. Vous vous êtes relue? Vous êtes sûre que c'est bien ce que vous voulez imprimer?

Elle acquiesça vigoureusement.

– Absolument. Arnold Burtis et sa bande ont essayé de me mettre sur la touche pour tromper nos concitoyens, et les obliger à accepter quelque chose qu'ils ne veulent pas et dont ils n'ont aucun besoin.

– Sassy..., insista Tom, agitant la feuille. Il y a là-dedans quelques phrases au vitriol. Burtis aura beau jeu de vous faire un procès. Vous vous en rendez compte?

– Parfait, opina-t-elle. Ça vous permettrait de déballer toute l'affaire au grand jour!

La jeune femme s'interrompit un instant et posa sur Tim un regard suspicieux.

– Il est temps de vous mettre au travail, Tim. Et attention : je ne veux pas qu'il manque un seul mot!

Il la dévisagea longuement, puis haussa les épaules.

– D'accord, chef. Puisque c'est ce que vous voulez...

– Affirmatif!

Elle tourna casaque, revint dans le bureau, empoigna son sac à main et partit vers la sortie.

– Je ne reviendrai qu'après le déjeuner, lança-t-elle à Harry, au passage. J'ai un tas de choses à faire. Si vous avez besoin de me joindre, vous me trouverez chez Sam.

11

Sam, le peintre d'affiches, de pancartes et d'écriteaux en tout genre... Harry suivit des yeux la jeune femme qui traversait la rue, puis secoua la tête. Cette fois, Sassy était vraiment déchaînée. Ce petit bout de bonne femme, avec son joli minois de poupée, était capable de soulever des montagnes quand elle s'y mettait, exactement comme son père. Quand elle croyait avoir raison, rien ni personne n'aurait pu la faire dévier d'un millimètre.

Harry avait travaillé pendant quinze ans pour John Lindley avant la mort de celui-ci. Combien de chahuts le vieux John n'avait-il pas provoqués au conseil municipal, tout comme sa fille s'apprêtait à le faire aujourd'hui encore...

Sourire aux lèvres, Harry s'avança jusqu'au seuil de l'arrière-salle.

— Aujourd'hui, elle est gonflée à bloc, Tim. Je parie que c'est une vraie bombe qu'elle t'a demandé d'imprimer.

Tim hocha la tête en souriant.

— Dommage que je n'aie pas d'encre sympathique!

Harry éclata de rire.

— En tout cas, une chose est sûre, mon vieux Tim. Tant que Sassy restera dans les parages, on ne risque pas de s'ennuyer à Carmel. Et ce soir, au conseil municipal, je peux te dire que ça va chauffer!

En descendant la rue, Sassy passa devant l'échoppe du barbier, Cal Finley, qui lui jeta un coup d'œil par-dessus le crâne en broussaille de

12

son client. Derrière les énormes hublots qui lui servaient de lunettes, il haussa les sourcils, puis secoua la tête. A la seule démarche de la jeune femme, il sentit que quelqu'un, ce jour-là, allait en prendre pour son grade.

Après avoir tourné au coin de la rue, Sassy entra dans la boutique-atelier de Sam.

— Hé, Sam! lança-t-elle depuis le seuil.

Le vieux peintre sortit de l'arrière-salle, en s'essuyant les mains sur son vieux tablier maculé de taches.

— Bonjour, Sassy. Qu'est-ce que je peux faire pour vous?

— Une pancarte. Taille habituelle, même slogan que la dernière fois. Au fait, c'est vous qui avez fait les affiches annonçant la réunion extra-ordinaire du conseil municipal de ce soir?

— Oui, fit Sam en la regardant vivement. C'est pour ça que vous avez besoin d'un pancarte?

— Et comment! Vous pouvez l'avoir terminée en fin d'après-midi?

— Pas de problème, répondit-il en souriant. A qui est-ce que vous vous attaquez cette fois, Sassy?

— A Burtis, et avec lui à cette grosse société de promotion immobilière à qui il est en train d'essayer de vendre la ville.

Quand la jeune femme l'eut quitté, il regagna son atelier le sourire aux lèvres et entreprit sur-le-champ de lui peindre sa pancarte.

Tapi derrière le rideau cramoisi qui le dissimulait du public, Arnold Burtis en écarta légèrement un pan pour scruter la salle. Les gens arrivaient à la file, s'installaient, bavardaient. Satisfait, il hocha la tête. Cette fois, il s'était magistralement débarrassé de cette maudite Sassy! Ayant entendu dire qu'elle allait quitter la ville pour quelques jours, il avait sauté sur l'occasion pour organiser aussitôt la réunion extraordinaire de ce soir.

La salle était presque pleine. Ses lèvres esquissèrent un large sourire. A la dernière minute, devant l'intérêt que ses concitoyens portaient à la question, il avait décidé que la réunion se tiendrait au théâtre local plutôt qu'à la mairie.

Son sourire se glaça. Raidi, il frissonna en apercevant la silhouette longiligne de la rousse qui, arpentant l'allée centrale, distribuait à tous des sortes de tracts. Elle était revenue! Arnold Burtis poussa une exclamation étouffée.

Au premier rang, une grande pancarte était appuyée à un fauteuil inoccupé. Arnold ne voyait que son envers, mais n'avait aucune peine à s'imaginer le sens général de ce qui était écrit dessus. Ses yeux hostiles suivirent la jeune femme pendant une minute entière. Que disaient les tracts qu'elle semait parmi le public à grand renfort de paroles? Après un dernier soupir, Burtis laissa retomber le rideau et se retourna vers l'homme de haute taille qui attendait avec lui dans les coulisses.

— Bon sang, grommela-t-il avec une moue dégoûtée en direction du rideau, Sassy est ici! Vous vous souvenez, cette empêcheuse de tourner en rond dont je vous ai parlé... Elle est en train d'essayer d'embrigader la salle avec sa propagande! Elle distribue des tracts, il y a même une grosse pancarte au premier rang. Croyez-moi, on n'est pas sortis de l'auberge.

Mark Stewart, le jeune homme qui l'accompagnait, haussa les épaules.

– Ne vous inquiétez pas, je crois que tout se passera bien. Il est bien normal que tout le monde ne soit pas d'accord avec un projet aussi important. A vrai dire, nous nous y attendions.

– Peut-être, soupira Arnold, mais Sassy Dale n'est pas n'importe qui! Un vrai cyclone!

– Ah bon? s'étonna Mark. Quel est son problème? Pourquoi nous attaque-t-elle avant même de connaître notre projet?

– Parce qu'il ne va pas lui plaire, bougonna Burtis en mettant ses mains dans les poches. Ça, je peux vous le garantir. Si saint Pierre décidait d'installer le Paradis à Carmel, elle trouverait encore moyen de lui refuser l'accès au front de mer.

Une lueur amusée passa dans les yeux gris de Mark Stewart.

– Rassurez-vous, j'ai déjà eu affaire à des personnes de ce genre.

– Comme Sassy? Ça m'étonnerait. Sa famille habite Carmel depuis quatre générations, elle possède l'hebdomadaire local depuis soixante-cinq ans. De père en fils, les Lindley ont toujours tout fait pour préserver ce qu'ils appellent « le charme intact de notre petite ville côtière ».

– C'est vrai que la ville a du charme. D'ailleurs, nous n'avons aucune intention de la défigurer. C'est justement pour son cachet que ce site nous intéresse.

— Si Sassy parvient à ses fins, objecta Arnold Burtis avec une grimace écœurée, vous ne construirez rien du tout. Elle cherche à préserver la ville exactement telle qu'elle est : pas de réverbères, à part dans la rue principale, pas de noms ni de numéros de rue, ce qui fait que chacun est obligé d'aller chercher son courrier à la poste. Si un arbre poussait au milieu de la route, elle serait capable d'obtenir qu'on la détourne pour l'épargner. D'ailleurs, chez vous, vous n'avez même pas le droit de couper un de vos arbres sans l'autorisation de la mairie!

Irrité, Arnold jeta un nouveau coup d'œil sur le rideau, puis se retourna vers son interlocuteur.

— Si on laissait faire Sassy, reprit-il, on en reviendrait vite aux lampes à gaz et aux voitures à chevaux. Si vous voyiez les presses sur lesquelles elle imprime son maudit canard! Ce sont de véritables antiquités! Elle n'a ni télex ni ordinateur, et s'obstine à combattre toutes les initiatives, si insignifiantes soient-elles, qui pourraient nous amener plus de touristes... Et qui plus est, ajouta-t-il, la voix tremblante de rage, elle a un caractère de cochon!

Les yeux de Mark se posèrent sur le rideau fermé.

— Est-ce qu'elle milite toute seule? Est-elle mariée?

— Elle l'a été. Son mari, Lawrence Dale, était pilote de chasse dans la marine. Il s'est tué il y a cinq ans en manquant son atterrissage sur un porte-avions.

Poussé par la curiosité, Mark Stewart s'approcha du rideau et en souleva légèrement un pan. Au premier plan, une jeune femme mince aux longs cheveux roux s'apprêtait à s'asseoir. Une lueur de surprise passa dans les yeux de l'observateur. Après le discours d'Arnold, il s'attendait à tout autre chose. Elle paraissait menue, presque fragile, et surtout inoffensive. Elle était même très jolie, songea-t-il. Certes, la courbe décidée de son menton trahissait une volonté de fer. Elle serrait dans ses mains le manche d'une grande pancarte où était inscrit « Les requins de l'immobilier : dehors ! »

Il sourit. Depuis qu'il travaillait dans les relations publiques des résidences-club Logan, il avait dû affronter certains des plus gros géants de l'industrie du pays pour arracher des terrains et des permis de construire. Après tout, l'entreprise Logan, dont le chiffre d'affaires se comptait en centaines de millions de dollars, avait bâti des centres de vacances dans dix pays étrangers. Après avoir étudié du regard sa nouvelle adversaire, il parvint à la conclusion qu'il ne serait pas désagréable de lutter avec elle. Rassuré, il lâcha le rideau et revint à Burtis.

— Pas de problème, Arnold. Je suis sûr que nous parviendrons à un accord. D'après ce que j'ai entendu, tous ceux qui comptent vraiment à Carmel sont avec nous.

— A cent cinquante pour cent ! opina Burtis. La plupart des commerçants sont déjà à la recherche d'espaces à louer. On parle aussi d'ouvrir quelques fast-foods dans la rue principale, qui deviendra Ocean Avenue, ajouta-t-il en rajustant son nœud de cravate. Bon, si on y allait? Puisque le maire est à l'hôpital, c'est moi qui vais présider la réunion du conseil et vous présenter à nos concitoyens. La salle est pleine à craquer.

Lorsque le rideau se fut ouvert, les deux hommes s'avancèrent jusqu'à une table dressée au centre de la scène. Arnold fit encore un pas en avant et inclina la tête à plusieurs reprises en saluant la foule de la main. Pas une seule fois son regard ne croisa celui de Sassy.

– Chers concitoyens, annonça-t-il, nous avons l'honneur de recevoir ce soir la visite d'un homme qui vient offrir à notre belle ville de Carmel une chance unique.

Du coin de l'œil, Mark vit la rousse s'agiter nerveusement sur son fauteuil. Apparemment, elle avait décidé d'attendre encore avant de brandir sa pancarte. Ses grands yeux verts fixaient l'étranger qui venait menacer la paix de la petite ville. Il était grand, bronzé, avait les cheveux noirs et les lèvres pleines. Presque à contrecœur, il lui fallut admettre, après un temps de réflexion, qu'il était plutôt séduisant... Séduisant peut-être, songeait-elle avec un haut-le-corps, mais avec son costume trois-pièces gris, sa chemise stricte et sa cravate, il était l'archétype du promoteur des grandes villes. Et pourtant, même à plusieurs mètres, elle ressentait confusément la vitalité virile qui émanait de sa personne.

Cet homme était son ennemi, l'envahisseur qui s'apprêtait à défigurer Carmel avec ses grues et son béton. Plissant les lèvres, elle décida de l'en empêcher par tous les moyens.

Le discours fleuri de Burtis touchait à sa fin.

— Nous avons donc l'honneur de recevoir M. Mark Stewart, conclut-il, qui est venu nous présenter le formidable projet que la société Logan a mis au point pour notre ville.

Mark se leva et commença son exposé. Devant lui, toujours assise, la jolie rousse leva sa pancarte en silence et la tourna vers le public, soulevant une vague de murmures et quelques applaudissements furtifs.

A peine troublé, Mark poursuivit ses explications sans autre incident. A la fin de son discours, il dressa la liste des principales installations projetées par la société Logan : un grand hôtel de luxe, un complexe de thalassothérapie, un golf de dix-huit trous, vingt-cinq courts de tennis, trois piscines et une résidence de sept cent vingt-cinq appartements de grand standing. Aussitôt qu'il eut terminé, Sassy se dressa comme un ressort, les yeux flamboyants.

— Quoi? Vous avez dit sept cent vingt-cinq appartements? Avez-vous seulement pensé aux égouts? A l'approvisionnement en eau? Savez-vous que nous sommes déjà obligés de nous rationner, alors que nous ne sommes que quatre mille huit cent vingt-cinq habitants? Voyons, monsieur Stewart, tout cela est absurde. Nous n'avons que huit pompiers professionnels. Quand un incendie éclate, il faut recruter des volontaires. Vraiment, nous n'avons que faire de tous ces gens en plus. Carmel ne pourra jamais les prendre en charge. Vous avez perdu la tête!

Tournant sur elle-même, elle fit face au public.

– Nous aimons tous notre ville telle qu'elle est, n'est-ce pas? Petite, tranquille et si belle! Un projet pareil, c'est la mort de Carmel! N'ai-je pas raison? Il ne faut pas les laisser faire!

L'assistance fut parcourue d'un long murmure. Il sembla à Mark que les avis étaient partagés.

– Mes amis, poursuivit Sassy, exaltée, ce n'est pas la première fois que des étrangers sans scrupule essaient de mettre la main sur ce qui nous appartient! Mais au fil des ans, nous avons au moins appris une chose! C'est maintenant qu'il faut les refouler, avant qu'ils n'aient eu le temps de glisser le pied par l'entrebâillement de la porte! Ensuite, il sera trop tard! Sept cent vingt-cinq appartements, un hôtel et je ne sais quoi! Quand je pense qu'on n'arrive déjà plus à se garer en ville!

La jeune femme se retourna vers Mark Stewart et le fixa droit dans les yeux.

– Nous ne voulons pas d'une invasion en masse, monsieur Stewart. Ce n'est pas la vocation de Carmel. Pour s'en rendre compte, il suffit de voir la cohue créée par les cars de touristes qui s'arrêtent ici pour l'après-midi.

Elle fit une pause et respira profondément.

– D'ailleurs, vous savez très bien que sept cent vingt-cinq appartements, ça ne veut pas dire sept cent vingt-cinq personnes, mais beaucoup plus.

Arnold Burtis vint sur le devant de la scène.

– Rasseyez-vous, Sassy, gronda-t-il d'une voix tremblante de colère. Vous n'êtes pas propriétaire de cette ville!

– Mes amis, poursuivit-elle sans lui prêter la

moindre attention, n'allez pas vous imaginer qu'il s'agit seulement de sept cents appartements. Une fois qu'ils auront commencé, ils en construiront toujours plus! Les gens arriveront par milliers! En quelques années, Carmel sera complètement défigurée!

Encore une fois, elle se retourna vers Mark.

— Puis-je savoir où vous comptez construire cette monstruosité?

— Après des études extrêmement approfondies, répondit très calmement celui-ci, nous avons choisi la baie de Sylvan Shores.

Une lueur horrifiée passa dans les yeux verts de Sassy.

— Vous... Vous ne pouvez pas faire ça! Vous n'avez pas le droit! protesta-t-elle d'une voix chancelante d'émotion. C'est la plus... Il y a des lois de protection de l'environnement, monsieur Stewart. Nous ferons tout pour vous en empêcher!

Elle s'interrompit un instant et reprit son calme.

— Monsieur Stewart, je n'ai rien contre vous personnellement, mais vous devez comprendre que nous ne voulons pas de votre projet à Carmel.

Une nouvelle rumeur parcourut l'assistance. A l'évidence, le public était divisé.

— Bravo Sassy! cria un homme au fond de la salle. Vous êtes notre seul espoir! Débarrassez-nous de ces vautours!

Plusieurs personnes protestèrent aussitôt.

— Sassy, ça suffit! tonna Arnold Burtis en se levant encore une fois. Sachez que j'ai décidé d'organiser un référendum au début du mois prochain, afin que les quatre mille huit cent vingt-quatre autres citoyens de Carmel aient eux aussi le droit de donner leur opinion et, s'ils le veulent, de voter en faveur du développement, de l'avenir et de la prospérité, pour une Carmel plus grande et plus moderne!

Faisant une pause, il toisa la rousse.

– Pour l'instant, reprit-il, la séance est levée! Mes chers concitoyens, n'oubliez pas que vous pourrez trouver toutes les informations nécessaires dans le *Progrès* de Monterey, au cas où le *Courrier* s'obstinerait dans la voie de la propagande militante!

Avant de quitter la scène, Mark jeta un dernier coup d'œil à sa future adversaire. Elle s'était rassise, le regard dans le vague, mais tous ses traits trahissaient un violent bouillonnement intérieur. Ses yeux verts scintillaient. Puis elle se leva lentement, les doigts toujours serrés sur le manche de sa pancarte, et partit vers la sortie sans mot dire. Mark eut la certitude que la bataille ne faisait que commencer.

– C'est pour vous, fit Harry, le lendemain matin au bureau, en tendant à Sassy l'unique téléphone de la rédaction du *Courrier*.

– Allô? Mademoiselle... Madame Dale?

Sassy fronça les sourcils. La voix lui semblait inconnue.

– Oui, c'est moi.

– Mark Stewart à l'appareil, le représentant des résidences-club Logan, qui...

– Je vois, coupa-t-elle, soudain tendue.

– Je me demandais s'il serait possible de déjeuner avec vous aujourd'hui afin de vous expliquer notre projet dans le détail. Comme ça, vous sauriez exactement ce que...

– Monsieur Stewart, dit Sassy en se raidissant, je crois avoir parfaitement compris la nature de votre projet.

A l'autre bout du fil, il y eut un court silence.

– Je pensais qu'en tant que journaliste, remarqua poliment l'homme, vous souhaiteriez connaître notre point de vue avant de nous juger.

Sassy accusa le coup. Ses doigts se resserrèrent sur l'appareil. Elle fut tentée de l'envoyer promener, mais se reprit juste à temps.

– Comme j'estime que vous êtes assez tolérante, assez large d'esprit pour daigner écouter mes arguments, poursuivit Mark, je vous renouvelle mon invitation à déjeuner, qui me donnera une occasion de...

– D'accord, lâcha-t-elle à contrecœur, vaincue.

– Nous pourrions nous retrouver au *Lancers* vers midi et demi, qu'en pensez-vous?

Sassy se mordit la lèvre. Les choses se présentaient mal, le *Lancers* était le restaurant le plus fréquenté de Carmel, celui où la moitié de la ville se retrouvait pour déjeuner. En quelques minutes, la nouvelle se répandrait comme une traînée de poudre qu'elle avait déjeuné avec son adversaire.

– Comme vous voudrez, monsieur Stewart, dit-elle. Cela dit, ne vous imaginez pas que vous réussirez à me convaincre de l'utilité de votre complexe immobilier.

23

– Je vais quand même tenter ma chance, répondit-il, une pointe d'amusement dans la voix.

En raccrochant, elle gratifia le téléphone d'un coup d'œil haineux. Manifestement, Mark Stewart avait décidé de lancer une offensive de charme pour l'amadouer. Mais s'il s'imaginait pouvoir la réduire au silence à coups de sourires et de belles phrases, il se fourrait le doigt dans l'œil! Relevant la tête, elle croisa le regard interrogateur de Harry.

– Alors? s'enquit-il. L'ennemi passe à l'attaque?

– Oui. Il m'invite à déjeuner pour m'expliquer leur grand projet. Selon lui, un journaliste doit écouter avant de juger. Il m'a coincée, Harry, se défendit-elle. Comment aurais-je pu refuser?

– Ce n'est peut-être pas une mauvaise idée. Après tout, il n'y a pas de mal à s'informer. Vous croyez qu'il va chercher à vous convaincre?

– Il peut toujours essayer! Cela dit, j'étais obligée d'accepter. Sinon, il serait allé raconter partout que je cherchais à empêcher la réalisation de ce projet sans même vouloir savoir précisément de quoi il retourne... Ce qui d'ailleurs, ajouta-t-elle après une brève pause, est la pure vérité.

Relevant les yeux, elle surprit un sourire sur les lèvres de Harry.

– Ça n'a rien de drôle! grommela-t-elle en se retournant vers sa machine à écrire.

Pendant quelques minutes, la jeune femme pianota frénétiquement sur les touches. Après s'être enfin arrêtée, elle relut sa page et s'aperçut qu'elle n'avait ni queue ni tête.

A midi un quart, elle s'extirpa de son fauteuil et se rendit à la salle de bains pour laver ses mains maculées d'encre. Elle se regarda dans le miroir, puis brossa ses longs cheveux jusqu'à ce qu'ils tombent en boucles soyeuses sur ses épaules. Elle se remit un peu de rouge à lèvres, effaça quelques plis imaginaires de sa jupe bleue et rajusta le bas de son pull gris. Si elle avait su, elle se serait vêtue autrement, car le *Lancers* était peuplé de manteaux de visons et de costumes sur mesure.

En traversant le bureau pour sortir, la jeune femme croisa le regard de Harry et lui sourit.

— Et maintenant, à l'attaque! lui lança-t-elle gaiement.

— Allez-y doucement, Sassy, pouffa son collaborateur. Sinon, il faudra ramasser ce Stewart à la petite cuiller!

Après un petit signe de la main, elle franchit le seuil et manqua entrer en collision avec Mme Baxter. Celle-ci la gratifia d'une moue outrée.

— Ma jeune dame, je venais justement vous trouver pour annuler mon abonnement, annonça-t-elle. Je désapprouve entièrement la manière dont vous vous êtes conduite hier soir. Vous avez été tellement... tellement méchante avec ce charmant garçon!

Elle renifla bruyamment, releva le menton et pénétra dans le bureau.

Restée seule, Sassy sourit. Pour une raison ou pour une autre, Mme Baxter venait presque tous les mois annuler son abonnement au *Courrier*.

Lorsqu'elle passa devant le *Fer à Cheval*, le gril-bar de Bill Donahue, celui-ci vint frapper au carreau de la devanture pour la rappeler, puis sortit sur le seuil, les mains sur son tablier de cuisine.

— Ne les laissez pas s'installer à Carmel, Sassy, lui dit-il. Sinon, on sera envahis de pizzerias et de fast-foods à néons clignotants. Pour nous, ce sera la fin des haricots! allez-y, on est avec vous!

— Vous pouvez compter sur moi, Bill. Je ferai tout pour les empêcher de réaliser leur projet.

Il hocha la tête et la regarda partir, puis tourner au coin de la rue. Elle était plus déterminée que jamais à se battre contre les promoteurs, et ce n'était pas un déjeuner qui allait y changer quelque chose. Il y avait trop de braves gens qui, comme Bill Donahue, comptaient sur elle.

Arrivée devant le *Lancers*, elle consulta sa montre et entra. Mark Stewart, non loin de la porte, bavardait avec Dick McCabe, le propriétaire des lieux. Quand il l'aperçut, il esquissa un léger sourire et la gratifia d'un regard dont la chaleur fit naître en elle un étrange malaise.

2

– Bonjour, Sassy, lui dit Dick McCabe avec un signe de tête. Ravi de vous revoir.

– Bonjour, Dick et, euh..., bonjour, monsieur Stewart, répondit la jeune femme, troublée.

Son cœur battait fort, mais c'était certainement parce qu'elle avait dû marcher vite pour arriver à l'heure au restaurant.

– Bonjour, répondit Mark, aimable. Je suis ravi que vous ayez trouvé le temps d'accepter mon invitation, mademoiselle... madame Dale.

La jeune femme lui paraissait infiniment moins redoutable que la veille au soir. A dire vrai, elle semblait devenue tout à fait charmante. Sans doute Arnold Burtis s'était-il exagéré la menace qu'elle représentait pour leur projet. Rassuré, il se détendit.

– Vous n'avez qu'à m'appeler Sassy, comme tout le monde, dit-elle en faisant un effort pour stabiliser sa voix.

La lueur de curiosité amusée qui dansait dans les yeux de Mark fit renaître son trouble. Par réflexe, elle porta la main à ses cheveux, puis la laissa retomber. La proximité de cet homme, la mâle vitalité qu'elle avait sentie en lui la veille, l'émouvaient au plus haut point.

– C'est d'accord, Sassy, mais à condition que vous m'appeliez Mark. Si nous passions à table?

A peine eut-elle le temps de hocher la tête qu'il lui prit le coude et l'entraîna vers une table réservée installée près de l'ample baie vitrée. Se sentant rougir, elle se maudit intérieurement. C'était à croire qu'elle n'avait jamais déjeuné avec un homme! Bien sûr, la pression des doigts de Mark sur son bras n'était pas la seule raison de sa gêne; en déjeunant près de la fenêtre, elle était certaine d'être vue – et reconnue – de tous les passants. Le spectacle, à n'en pas douter, ferait jaser tout Carmel. Malheureusement, il était trop tard pour y remédier.

Déjà, elle apercevait Mme Stephen Hefling-Jones, redoutable colporteuse de ragots, à demi-dissimulée derrière un pilier du centre de la salle, qui se tordait le cou pour mieux l'épier. Arrivé devant la table, Mark lui lâcha enfin le bras. Quand elle fut assise, elle déplia méticuleusement sa serviette sans oser lever les yeux, sentant peser sur elle des dizaines de regards ahuris qui se demandaient ce qu'elle pouvait faire en compagnie d'un homme qu'elle avait si violemment pris à partie la veille au soir. Il ne lui restait plus qu'à espérer que sa crédibilité de militante ne serait pas entamée par l'épisode.

– Voulez-vous un apéritif, Sassy?

– Non merci, répondit-elle, se décidant enfin à relever les yeux. Il faut que je travaille cet après-midi, et l'alcool me donne sommeil.

28

– Soit, fit-il en souriant. Une autre fois peut-être.

Un nœud se forma au creux de l'estomac de la jeune femme, qui se raidit sur sa chaise et maudit l'inexplicable langueur qui s'était emparée de tout son être. Avait-elle perdu la tête? Jamais un inconnu ne lui avait fait un tel effet, et il s'agissait par surcroît de l'homme qu'elle devait combattre à tout prix! Était-ce simplement le fait d'être assise là, au vu et au su de tous ses concitoyens, avec l'envoyé du grand promoteur immobilier qui menaçait de saccager Carmel?

En effet, la plupart des passants la remarquait. Certains s'arrêtaient pour mieux voir, et une femme manqua même trébucher en apercevant Sassy. Mark ouvrit le menu et le lui tendit.

– Un hamburger et des frites, ânonna-t-elle presque sans le regarder, mue par la force de l'habitude.

Tel était, en effet, son pain quotidien au *Fer à Cheval*. Mark la dévisagea avec curiosité, de plus en plus intéressé par la jeune femme. Elle approchait sans doute la trentaine, mais il y avait sur son visage un petit air rebelle qui la rajeunissait. Croisant le regard surpris de Mark, elle se replongea dans le menu.

– Il y a tellement de choix que je ne sais pas quoi prendre, dit-elle en relevant enfin les yeux.

– Si vous avez trop faim pour vous contenter d'une salade ou d'un sandwich, il y a ici de très bons plats. Hier, j'ai pris du rosbif. Il était excellent, ma foi.

– C'est trop pour moi, fit Sassy avant de reporter son regard sur la liste de salades et sandwiches variés.

Il l'étudiait à la dérobée. Son petit nez mutin, parsemé de taches de rousseur, ses grands yeux verts ourlés de cils interminables et ses lèvres pulpeuses faisaient un ravissant ensemble. Il découvrit, juste sous son oreille gauche, une minuscule tache d'encre et eut aussitôt l'impression, Dieu sait pourquoi, qu'elle était vulnérable. L'espace d'une seconde, il eut une envie folle de la prendre dans ses bras pour la protéger. Car il savait bien, lui, qu'en voulant empêcher la société Logan de s'implanter à Carmel, cette jeune idéaliste s'attaquait à trop fort pour elle. Sa mission à lui consistait justement à convaincre les responsables locaux d'accepter le projet immobilier. S'il n'y parvenait pas, Logan enverrait bientôt ses avocats à la rescousse, des spécialistes qui finiraient bien, à grand renfort d'artifices juridiques et de pressions politiques, par persuader les plus récalcitrants.

Arnold Burtis lui avait présenté Sassy comme une redoutable adversaire, bouillante et obstinée. La veille au soir, en effet, il avait eu un aperçu de son caractère. Mais son impétuosité, hélas, risquait surtout de lui nuire. Le bruit courait avec insistance que certains adversaires de Logan s'étaient peu à peu retrouvés en faillite. Rien d'illégal, bien sûr. Ni violence ni même menaces. Tout était affaire de pressions. Les commandes s'espaçaient, les clients partaient se fournir ailleurs, et c'était le commencement de la fin. Sassy avait-elle seulement idée du guêpier où elle était en train de se fourrer?

Pensive, elle se mordit la lèvre, dévoilant l'alignement parfait de ses dents éclatantes. En la regardant, Mark sentit naître et grandir en lui un curieux sentiment, bien au-delà de la simple compassion. Quand elle était devant lui, il avait toutes les peines du monde à penser à son projet immobilier. Il brûlait d'envie de se jeter sur elle pour goûter la saveur de ses lèvres. Bref, il était sous le charme.

Dans un éclair de lucidité, il essaya de se reprendre. Oubliait-il qu'il avait en face de lui son adversaire ?

– Vous avez choisi ? demanda-t-il enfin.

Surprise, Sassy se concentra à la hâte sur le menu.

– Je crois que je vais prendre, euh... une salade aux crevettes.

– Bonne idée.

Il se retourna vers Barry, le fils aîné de Dick McCabe, qui attendait devant la table, et lui passa la commande. Celui-ci, avant de repartir, adressa à Sassy un petit clin d'œil. Elle pâlit, horriblement gênée, puis croisa le regard de Mark, qui avait repris un air sérieux.

– Sassy, vous savez pourquoi je vous ai invitée. Ce que je souhaite, c'est avoir une chance de vous faire comprendre que ce projet ne constitue pas une menace pour votre environnement. Il ne faut pas le condamner sans le connaître.

Le visage de la jeune femme se ferma aussitôt. Autant parler à un mur, songea-t-il.

– Il doit bien y avoir un moyen de vous persuader de l'utilité de ce complexe. Je vous assure que nous avons fait un effort d'architecture considérable et que nous avons privilégié les espaces verts. En plus du golf, nous avons prévu des étangs, des bosquets, des parcs et des fleurs. L'ensemble s'intégrera parfaitement à l'environnement. D'ailleurs, j'aimerais vous montrer les plans.

— Non, riposta la jeune femme. Je n'ai ni besoin ni envie de voir vos plans. Ça ne changerait rien. Ce que je combats, c'est le principe même de ce projet.

Décidée à résister au charme mystérieux de son vis-à-vis, elle s'efforça de rassembler ses idées. Il ne fallait pas oublier qu'elle avait devant elle un professionnel de la persuasion, pour qui tous les moyens étaient bons pour arriver à ses fins. Fronçant les sourcils, elle se raidit.

La détermination qui illumina ses traits toucha Mark.

— Nous avons aussi réalisé plusieurs croquis du projet, insista-t-il en souriant. Si vous vouliez y jeter un coup d'œil, vous verriez à quel point notre ensemble s'insère harmonieusement parmi les rochers de la côte et les cyprès.

Mark était tout à fait sincère. Jamais il n'aurait accepté d'être l'avocat d'un projet qu'il n'approuvait pas.

— Non, pas question. Ça ne m'intéresse pas. Ce n'est pas votre complexe en lui-même que nous refusons, mais les conséquences que son installation aura sur la vie de Carmel. Harmonie ou non, ça ne change rien à l'affaire.

— Je ne vois pas ce que vous risquez à voir ces plans. Après tout, ce ne sont que des dessins.

Il s'était efforcé de garder un ton neutre et, espérait-il, convaincant, mais sentit que l'intensité du regard qu'il fixait sur la jeune femme démentissait son indifférence affectée. Sassy, troublée par l'éclat argenté de ses yeux, qui semblaient vouloir fouiller les profondeurs de son âme, hésita un long instant puis détourna la tête vers la fenêtre. Elle sursauta en apercevant Cal Finley, le coiffeur, qui se tenait immobile de l'autre côté de la vitre et l'observait, bouche bée.

Elle lui adressa à la sauvette un petit signe de tête pour lui faire comprendre qu'il devait passer son chemin. Cal haussa les sourcils, hésita un long moment et partit comme à regret, non sans se retourner de temps en temps.

— Je ne comprends vraiment pas pourquoi vous refusez de jeter un coup d'œil à ces plans.

— Parce que je risquerais de les trouver bien, répondit-elle franchement en se retournant vers lui. Et même si je les aimais, ça ne changerait rien, pour la bonne raison que ce complexe, j'en suis persuadée, serait une catastrophe pour Carmel.

— Voyons, Sassy, dit-il en lui saisissant le poignet, vous n'êtes pas juste.

Le cœur de la jeune femme fit un bond. Elle aurait voulu retirer sa main aussitôt, mais n'y parvint pas. Le regard de Mark, suspendu à ses yeux, l'hypnotisait et soulevait en elle un incontrôlable torrent d'émotions. Encore une fois, elle éprouva le besoin de se détourner vers la fenêtre. Cal était revenu, cette fois en compagnie de Johnny Abrams, et longeait le trottoir à petits pas tout en la regardant. La main de Mark posée sur son poignet n'échappa pas à l'œil curieux du coiffeur, qu'elle vit faire un signe du coude à son compagnon. D'instinct, elle retira vivement son bras.

— Au moins, insista Mark, laissez-moi vous emmener à la baie de Sylvan Shores pour vous montrer l'emplacement du futur complexe.

— Non, Mark, dit-elle d'une voix maîtrisée. Je connais cet endroit depuis mon enfance, c'est là que mes parents m'emmenaient pique-niquer. C'est une côte très belle, très sauvage. Elle a toujours été préservée. Voilà pourquoi je suis contre tous ces projets immobiliers. Je veux que cette région reste telle qu'elle a toujours été.

Le serveur apporta les salades. Sassy se mit à manger en silence, évitant soigneusement le regard de Mark, qu'elle sentait encore posé sur elle. Après un interminable silence, il revint à la charge.

— Demain, c'est samedi, et je suis sûr que vous ne travaillez pas. Je vous propose un compromis, Sassy. Je passe vous prendre en voiture et je vous emmène jusqu'au site que nous avons choisi. Là-bas, je vous montrerai les plans et je vous expliquerai le détail de notre projet. Si vous n'êtes toujours pas convaincue, je vous promets de cesser de vous importuner.

Elle releva les yeux.

— Désolée, mais c'est non.

— Pourquoi?

— Parce que je vois très bien où vous voulez en venir. Vous essayez de me convaincre d'appuyer votre projet... Vous êtes un professionnel des relations publiques, ajouta-t-elle après une pause. C'est votre métier de pousser les gens à faire ce qu'ils ne veulent pas faire.

Elle porta la main à ses cheveux, comme toujours lorsqu'elle était nerveuse. Avant de reprendre la parole, elle respira profondément.

– Je n'ai aucune envie d'être manipulée. Et vous cherchez à me manipuler.

– Pas tout à fait, objecta Mark. Je veux seulement vous montrer le site et les plans pour que vous jugiez de notre projet par vous-même. Si ensuite vous n'êtes toujours pas convaincue, c'est votre affaire.

Une lueur d'hésitation passa dans le regard de Sassy. Force lui était de s'avouer que Mark Stewart lui plaisait. Pourquoi fallait-il qu'il soit dans le camp des promoteurs? Si ce n'avait pas été le cas, ils auraient pu...

Elle détourna le regard vers la fenêtre. Dans la rue, il y avait plus de passants que d'habitude. Il sembla à la jeune femme que tous lui jetaient des coups d'œils furtifs. Maudit Cal! Il leur avait sans doute passé le mot!

– Eh bien, je... D'accord, je pourrais peut-être venir, bredouilla-t-elle presque malgré elle, surtout désireuse de mettre un terme à cette pénible conversation.

– Parfait. Disons demain, dix heures? Donnez-moi votre adresse et je passerai vous prendre, dit-il en esquissant un sourire rassurant. Ne vous inquiétez pas, Sassy, je n'essaierai pas de vous manipuler. Je souhaite simplement que vous ayez une vision d'ensemble de notre projet.

Poussant un soupir, elle reposa sur lui ses grands yeux verts. Elle avait confusément l'impression d'être en train de se jeter dans la gueule du loup, mais s'apaisa en songeant qu'elle avait encore tout le temps de faire machine arrière.

— Je vous promets que vous ne le regretterez pas, ajouta Mark sans la quitter des yeux.

Les lèvres boudeuses de la jeune femme, la lueur rebelle qui dansait dans son regard émeraude, soulevèrent en lui une bouffée de désir. Pour donner le change, il prit sa tasse de café et la porta à ses lèvres.

Tout ce que demandait Sassy, c'était de quitter au plus vite ce restaurant pour rejoindre la tranquillité de son bureau. Derrière la haie vitrée, elle reconnut Mme Baxter qui la contemplait avec des yeux ronds, bouche entrouverte, serrant dans ses mains son éternel cabas de plastique noir. Une profonde surprise, puis l'approbation se peignirent sur ses traits. En croisant le regard de Sassy, Mme Baxter hocha la tête en esquisant un sourire rayonnant. La joie de la vieille folle lui parut plus agaçante que la curiosité de Cal.

— Il faut que je retourne au bureau, annonça-t-elle en repliant sa serviette à la hâte.

Mark demanda l'addition, paya et se leva en même temps que la jeune femme. Au moment où il s'effaçait pour la laisser partir la première vers la sortie, le talon de la jeune femme se prit dans la frange du tapis et elle trébucha. Il la rattrapa, la prit dans ses bras pour la remettre d'aplomb et, pendant une fraction de seconde, ils restèrent ainsi tous deux immobiles, puis se séparèrent en silence et repartirent. Sassy sentit le feu lui monter aux joues, moins à cause de tous les yeux fixés sur elle qu'à cause des violentes sensations qu'avait déchaînées en elle leur brève étreinte. Fort à propos, le cours de ses inavouables pensées fut interrompu par Dick McCabe, qui se tenait dans l'entrée.

– J'espère que vous avez apprécié le déjeuner, leur dit-il d'une voix mielleuse, tout en laissant glisser sur Sassy un regard oblique.

– C'était très bon, répondit Mark en ouvrant la porte devant la jeune femme.

Parvenue dehors, Sassy eut tôt fait de comprendre qu'elle n'était pas au bout de ses peines : voilà que son tortionnaire insistait à présent pour la raccompagner jusqu'à son bureau! Tête basse, elle partit d'un pas vif. En passant devant l'échoppe du coiffeur, elle sentit posé sur elle et son cavalier le regard insistant de Cal. Tout Carmel semblait avoir les yeux braqués sur elle et sur le beau représentant du grand promoteur immobilier.

– Pourrais-je jeter un petit coup d'œil aux bureaux de votre journal? demanda soudain Mark. J'ai entendu dire que vous avez une vieille linotype. Si ça ne vous dérange pas, j'aimerais la voir. Quand j'étais gosse, j'ai distribué des journaux pour un type qui en avait une de ce genre.

– Eh bien, euh... d'accord, répondit-elle tandis qu'ils approchaient du siège du *Courrier*.

Il lui ouvrit galamment la porte et la laissa entrer. Harry, qui était en train de classer de vieux exemplaires de l'hebdomadaire, haussa considérablement les sourcils en les apercevant. S'il avait eu envie de sourire, le regard que lui décocha sa patronne l'en aurait dissuadé sur-le-champ.

— Harry, annonça-t-elle d'une voix blanche, voici M. Mark Stewart, l'homme qui... qui représente la société Logan, vous savez. Mark, je vous présente Harry Dunbar, notre directeur commercial.

La lueur amusée qui dansait dans les yeux de son collaborateur ne disait rien qui vaille à la jeune femme. Malgré ses trente ans d'ancienneté, elle n'hésiterait pas à le flanquer à la porte s'il venait ensuite la taquiner sur ce qui se passait en ce moment.

— Très intéressant, fit Mark en parcourant la pièce du regard.

Dans un coin de la salle, adossée au mur, une horloge en bois d'une centaine d'années hoquetait bruyamment. Une antique machine à écrire Underwood trônait sur le bureau en chêne massif. Quant à l'unique téléphone, il semblait tout droit sorti des années trente.

— Intéressant? répéta Harry. Peut-être. En tout cas, nous sommes très bien comme ça et nous n'avons besoin de rien d'autre pour sortir le *Courrier* toutes les semaines.

Les deux hommes bavardèrent quelques instants, s'étant découvert une passion commune pour les tribus indiennes de l'État de Washington.

— Vous voulez toujours voir notre linotype? intervint enfin Sassy, qui souhaitait pouvoir se remettre au travail le plus tôt possible.

– Absolument. J'ai très envie d'en voir une, car je ne me rappelle plus très bien comment ces machines fonctionnent.

– Elle est derrière, dans l'atelier, dit-elle en ouvrant la porte de l'arrière-salle.

Ravi d'apprendre que quelqu'un s'intéressait enfin à sa vieille bécane, Tim Foley se lança dans une interminable explication de ses qualités et faiblesses. Étouffant un bâillement, Sassy repartit vers le bureau. Lorsqu'elle y entra, Harry leva les yeux sur elle.

– J'aime bien ce type, Sassy, lui dit-il. Il a vraiment l'air sympathique.

– Il est payé pour ça, répliqua-t-elle, un peu amère.

A cet instant, Tim raccompagna Mark à la porte de l'atelier.

– Ça m'a fait plaisir de vous parler, déclara-t-il en souriant jusqu'aux oreilles. Plus personne ne s'intéresse à ces machines. Revenez me voir quand vous voudrez.

Le vieux Tim était lui aussi en train de passer à l'ennemi! songea Sassy, écœurée. Décidément, tout le monde la laissait tomber. Elle s'avança pour prendre congé de Mark.

– A demain, donc, lui dit-il sur le seuil. Je passerai vous prendre vers dix heures.

– D'accord, dit-elle vivement avant de refermer la porte.

En se retournant, elle crut surprendre le reste d'un sourire sur les lèvres de Harry.

– Oh, ça va! marmonna-t-elle sans lui laisser le temps d'ouvrir la bouche.

3

En engageant son antique automobile dans l'allée, Sassy tressaillit en apercevant la longue voiture bleue qui était déjà garée devant chez elle. Sa mère était là. Elle poussa un soupir. Cette visite inopinée n'avait qu'une explication possible : elle savait tout.

Elle entra et la trouva installée sur le canapé, feuilletant distraitement un magazine.

— Sassy ! lança-t-elle en secouant la tête d'un air navré. Je me suis permis d'entrer, mon petit. Il fallait que je vienne, il fallait que j'essaie de te raisonner. Cette fois, je crois que nous avons touché le fond !

Faisant une pause, elle lui jeta un regard désespéré.

— Tu devrais pourtant savoir comment sont les gens d'ici ! poursuivit-elle, mélodramatique. Eh bien, aujourd'hui, ils n'ont que ton nom à la bouche. Encore une fois, Sassy. Trop, c'est trop. Je suis venue te dire qu'il faut que ça cesse, vraiment, il faut que ça cesse.

Sassy s'inclina pour baiser la joue de sa mère, une femme ravissante, plus grande, plus élégante, plus raffinée qu'elle ne pourrait jamais rêver l'être. Constatant une nouvelle fois l'effarante vitesse à laquelle les ragots circulaient dans Carmel, elle poussa un profond soupir.

– Un instant, maman, dit-elle en allant poser son sac à provisions dans la cuisine. Qu'est-ce que je peux y faire? ajouta-t-elle lorsqu'elle fut revenue. Tout ça, c'est la faute de ce bavard de Cal. Il a rameuté toute la ville devant le restaurant. C'est toujours comme ça que les choses se passent ici.

Sa mère haussa les sourcils :

– Ma petite Sassy, de quoi me parles-tu? Cal? Tu veux dire Cal Finley? Qu'est-ce qu'il vient faire là-dedans? Tout ce que je sais, c'est que tu t'es donnée en spectacle hier soir, à la réunion du conseil municipal. Lucille Smithers m'a appelée ce matin à la première heure. Il paraît que non contente de distribuer des tracts et de brandir une pancarte contre ce grand projet immobilier, tu as pris à partie le représentant de Logan! Mon Dieu, qu'est-ce que je vais bien pouvoir faire de toi?

Sassy réprima un soupir de soulagement. Au moins, sa mère n'était pas encore au courant de l'épisode du déjeuner.

– Écoute, maman, tu sais très bien que le *Courrier* et la famille Lindley ont toujours combattu les promoteurs immobiliers. J'étais obligée de réagir vite, car personne ne m'a prévenue à temps de l'avancement de la réunion. Ils l'ont fait exprès. Si je me souviens bien, ajouta-t-elle en souriant, papa a toujours été le premier à...

– Je sais, je sais, interrompit sa mère. Il ne valait pas mieux que toi là-dessus. Il ne pouvait pas s'empêcher de faire du scandale. J'ai cru mourir de honte, la fois où il a passé la journée à faire les cent pas devant la mairie, tout seul avec une pancarte du plus mauvais goût, pour manifester contre la construction d'un centre commercial!

– En tout cas, répondit gaiement Sassy, il a obtenu gain de cause. Comme tu vois, je me contente de reprendre le flambeau familial.

En se laissant tomber sur le canapé, la jeune femme jeta un regard admiratif à sa mère, si belle, si aristocratique.

– Plutôt que Suzanna, j'aurais mieux fait de t'appeler Jeanne, comme Jeanne d'Arc!

Elle avait dans les yeux cette même lueur mi-affectueuse, mi-inquiète qu'elle réservait autrefois à son mari lorsqu'il s'apprêtait à faire des siennes.

Sassy ôta ses bottes et étendit ses longues jambes sur le canapé. Mme Lindley fronça les sourcils.

– Autre chose, ma chérie, ajouta-t-elle. Tes bottes sont usées, ta jupe est pour ainsi dire en haillons... et tu as une tache d'encre sous l'oreille gauche.

La jeune femme porta la main à sa joue en se demandant avec inquiétude si elle l'avait déjà au déjeuner. L'image de Mark fit aussitôt irruption dans son esprit. Mieux valait qu'elle en parle tout de suite à sa mère. De toute façon, en cet instant précis, la moitié de la ville était probablement suspendue au téléphone, en train de commenter son incroyable entrevue avec le représentant de l'ennemi juré. Elle se carra dans le canapé, enfouit ses mains dans ses poches et releva les yeux sur sa mère.

— Au fait, dit-elle d'un ton neutre, j'ai déjeuné au *Lancers* aujourd'hui.

— Dans cette tenue, j'imagine ? As-tu vu l'état de ta jupe ? Quant à ce pull, je le reconnais, c'est moi qui te l'ai offert il y a des années.

— Maman, tu sais très bien comment ça se passe au journal. On finit toujours par se mettre de l'encre partout. C'est pourquoi je ne mets pas mes meilleures robes pour travailler. De toute façon, il s'agissait simplement d'un déjeuner d'affaires. J'étais justement avec le représentant de Logan.

— Vraiment ? Toi, déjeuner avec un promoteur ? On aura tout vu !

— Il y a encore une chose, ajouta Sassy d'une voix hésitante. Je lui ai promis de l'accompagner demain à la baie de Sylvan Shores pour qu'il m'explique les détails du projet. Bien sûr, ça ne veut absolument pas dire que... que je...

A la vue du sourire qui se formait sur les lèvres de sa mère, les mots moururent dans sa gorge.

— J'étais bien obligée, se défendit-elle après une pause. Sinon, on aurait dit que je critiquais sans connaître...

— Si mes souvenirs sont bons, Ça ne t'a pourtant jamais fait peur. Jusqu'à ce jour, dès que tu entendais parler du moindre projet d'aménagement de la ville, tu jaillissais comme un diable de ta boîte, le couteau entre les dents ! Peut-être, ajouta-t-elle avec un sourire en coin, ce promoteur n'est-il pas tout à fait comme le gros bonhomme chauve qui voulait ouvrir une sorte de Disneyland sur le front de mer? Comment est-il, Sassy? Et comment a-t-il réussi l'exploit de t'attirer au restaurant?

Mal à l'aise, la jeune femme se tortilla imperceptiblement sur le canapé.

— Eh bien, il... C'est vrai, il n'est pas spécialement gros ni chauve. Je pense que certaines femmes le trouveraient peut-être séduisant. Mais ce n'est sûrement pas pour ça que j'ai déjeuné avec lui, ni que...

Une lueur amusée dansait dans les yeux de Mme Lindley.

— Voyons, ma chérie, personne ne te demande de te justifier. Pour ma part, je t'approuve entièrement. N'importe qui vaut mieux pour toi que ce raseur de Palmer Jennings que tu voyais ces derniers temps. Après tout, tu es jeune et tu as parfaitement le droit de t'amuser.

— Ce n'est pas du tout ça, se défendit Sassy. Il ne s'agit pas d'un rendez-vous galant, je veux simplement prouver mon objectivité!

Croisant le regard ironique de sa mère, la jeune femme baissa les bras.

— Je comprends très bien, Sassy. Cela dit, rappelle-toi qu'à vingt-huit ans, tu as encore la vie devant toi. Il y a cinq ans que Lawrence nous a quittés. Tu devrais te remarier.

Elle fit une pause, secoua la tête.

— Évidemment, il ne faut pas prendre le premier venu, Palmer n'est pas pour toi, j'en suis sûre. Il est riche, c'est vrai, mais quel homme sinistre! Exactement comme ce Sherman Oakley, le jeune juge que tu fréquentais l'année dernière et qui ne te lâchait pas d'une semelle. J'ai bien cru qu'il allait finir par obtenir ta main! Il est sûrement très intelligent, mais je l'ai toujours trouvé profondément ennuyeux. Pour être franche, ajouta-t-elle avec un petit clin d'œil, je crois que ni l'un ni l'autre n'aurait fait un bon mari, si tu vois ce que je veux dire...

– Maman, tu n'as pas honte? s'exclama Sassy en riant.

Oui, elle voyait très bien ce que sa mère voulait dire. Le souvenir lui revint aussitôt de la première fois où elle avait vu Palmer en maillot de bain, à la piscine du Beach Club. Il était si maigre, si ridicule avec ses jambes arquées, fines et blanchâtres! La seule idée de partager ses nuits lui avait donné la chair de poule. Soudain, l'image de Mark Stewart s'imposa dans son esprit. Son pouls s'accéléra. Il respirait la sensualité, la virilité. Quel corps il devait avoir!

A demi perdue dans ses pensées, elle leva les yeux sur Mme Lindley, qui souriait en l'observant.

– Sassy! Tu es toute rouge! Je te connais, ma fille, tu n'as jamais su rien cacher. Ne me dis pas qu'il y a autre chose entre ce jeune homme et toi...

– Maman, je ne l'ai vu que deux fois! Hier au conseil, et aujourd'hui pour déjeuner. Si je rougis souvent, c'est votre faute. Ce n'est quand même pas ma faute si j'ai hérité des cheveux roux de papa et de ta peau blanche! Ne va pas te faire d'idées sur Mark et moi, ajouta-t-elle, redevenant soudain sérieuse. Nous n'avons rien en commun.

Il cherche à imposer le complexe immobilier de Logan, et je n'ai pas l'intention de le laisser faire. En ce qui me concerne, ce qui se passera demain ne risque pas d'y changer quoi que ce soit!

— C'est entendu, fit Mme Lindley. Ne t'énerve pas. Cela dit, tu ne m'as toujours pas expliqué à quoi ressemble ce jeune promoteur.

— Franchement, répondit Sassy après un instant d'hésitation, je crois qu'on peut dire qu'il est assez plaisant. Intéressant, si on veut. Malgré ce qu'il représente, je l'ai trouvé plutôt sympathique. Cela dit, il ne faut pas oublier que c'est un homme de relations publiques. Il se sert de ses bonnes manières, voire de son charme, pour m'imposer quelque chose dont je ne veux pas.

— Quel âge a-t-il?

— Je ne sais pas, peut-être trente-sept ou trente-huit ans. Apparemment, il occupe un poste très important chez Logan. Ça m'étonnerait qu'il soit tout jeune.

— Il est célibataire?

— Je n'en sais rien, répondit Sassy en haussant les épaules. Il ne me l'a pas dit. A vrai dire, la question ne m'a pas effleurée.

— J'en suis sûre!

— Maman! Tu aurais dû ouvrir une agence matrimoniale! s'exclama la jeune femme en se levant pour aller faire du café. Tu es impossible!

Le lendemain matin, après avoir essayé plusieurs jupes et pantalons, Sassy se décida vers neuf heures et demie à enfiler un vieux jean et son tee-shirt qui arborait l'énorme slogan «Sauver

Carmel ». Ainsi, il saurait à quoi s'en tenir. La lecture de son horoscope du jour dans le *Chronicle* de San Francisco l'avait mise mal à l'aise, même si elle ne croyait pas vraiment aux prédictions astrales : « La première impression est importante, mais parfois trompeuse. Soyez sur vos gardes. Évitez de compromettre vos principes. »

Haussant les épaules, elle jeta un coup d'œil à son réveil. Il était presque dix heures. Soit, elle resterait sur ses gardes. Lorsque la sonnette de l'entrée retentit, elle respira profondément, se redressa et partit vers la porte d'un pas décidé.

Il portait un pantalon de toile grise et un pull en V vert sur une chemise ouverte qui laissait apparaître les poils bruns de son torse. Ses muscles puissants saillaient sous la fine étoffe.

En baissant les yeux sur elle, il tenta en vain de réprimer un sourire. Voilà une jeune personne qui n'avait pas peur d'afficher ses opinions... ni ses rondeurs, songea-t-il ne laissant glisser son regard sur les sensuelles rondeurs de sa poitrine moulée dans le coton. Un imperceptible frisson de désir lui parcourut l'échine.

– Bonjour, dit Sassy. Je suis prête.

– Bonjour, Sassy, répondit Mark, descendant avec elle les marches du perron. Je suis décidé à tenir promesse. Je ne chercherai pas à vous persuader, mais je crois vraiment qu'après avoir vu les plans et le site, vous trouverez qu'au lieu d'abîmer la baie de Sylvan Shores, la résidence-club de Logan la met en valeur.

– Je ne change pas d'avis si facilement, répliqua-t-elle en le regardant de biais.

Il lui ouvrit la portière de sa voiture, un cabriolet rouge à la ligne sportive. Sassy, qui s'était attendue à quelque chose de ce genre, sourit intérieurement.

Lorsqu'ils s'élancèrent sur la route de crête qui longeait l'océan à flanc de montagne, le brouillard matinal ne s'était pas tout à fait levé. Mark profita d'une ligne droite pour observer la jeune femme du coin de l'œil. Son visage fermé marquait une extrême détermination, comme le soir où il l'avait rencontrée à la réunion du conseil. Il fallait qu'il réussisse à la faire fléchir, autant pour son bien que dans l'intérêt de la société Logan.

L'océan léchait rageusement la base des falaises, projetant mille embruns dans l'air saturé d'humidité. Les longs cheveux de Sassy volaient au vent hurlant. Depuis leur départ, semblant chacun se préparer pour la bataille, ils n'avaient pas échangé un mot. Bientôt, Mark tourna à droite pour emprunter une piste poussiéreuse qui descendait en serpentant vers l'océan.

— C'est là, à partir de la lisière de ce pré, que nous avons prévu de construire la résidence, qui s'étendra jusqu'au rivage, expliqua-t-il calmement.

— Je sais, répliqua Sassy d'une voix cassante.

Comme toujours, elle retint son souffle en admirant l'éclatante beauté de ces prairies fleuries, coupées çà et là par d'énormes pitons rocheux, qui glissaient en pente douce pour se jeter enfin dans la mer. Une rangée de cyprès inclinés par des années de tempête dressait un rempart végétal d'un vert sombre, presque noir, à la lisière de la dernière prairie. La brume conférait à ce splendide décor une touche surnaturelle.

— Imaginez le désastre! lança-t-elle en adressant à Mark un regard effaré. Comment pouvez-vous envisager de terrasser ces prés et d'abattre ces vieux arbres? Et tout ça pour y construire des pavillons ridicules avec des fausses cheminées et des cuisines entièrement équipées? Vous n'allez quand même pas faire ça ici?

Mark arrêta sa voiture au bout du chemin de terre et se tourna vers sa voisine.

— Sassy... Vous devez comprendre qu'autrefois, l'emplacement où se trouve Carmel était lui aussi comme ça, sauvage et beau. Un jour, des gens sont venus, ils ont tout changé, et la ville est née.

— Je comprends très bien, mais nous avons quand même réussi à limiter les dégâts. La ville est restée petite, elle n'a presque pas changé au fil des ans. C'est comme ça que nous l'aimons, paisible et préservée. Voilà pourquoi nous ne voulons pas de votre projet.

Avec sa moue obstinée, ses yeux scintillants de détermination et ses longs cheveux flamboyants qui dansaient dans la brise, elle était plus belle que jamais.

— Laissez-moi vous montrer le reste, dit Mark. Pour vous faire une idée, vous devez attendre d'avoir tout vu.

Il sortit de sa voiture et vint lui ouvrir la portière. Côte à côte, ils empruntèrent le sentier qui descendait vers l'océan. Parfois, ils devaient se plier en deux pour éviter les branches basses des cyprès en bordure. L'air était maintenant plus

49

humide, mêlant la senteur épicée des aiguilles aux embruns salés de l'océan.

Mark s'arrêta enfin sur une hauteur qui dominait le magnifique paysage et, après avoir repris son souffle, entreprit de décrire en détail le projet de résidence qu'il défendait. Quand elle aurait consulté les plans réalisés par les architectes de Logan, elle serait forcée d'admettre que la future résidence-club n'avait rien à voir avec la triste idée qu'elle s'en faisait. Sans cesser de parler, Mark reprit sa route. La jeune femme le suivait, résistant à l'envie de se boucher les oreilles, de lui crier de se taire.

Le sentier se rétrécit, devint plus rocailleux. Ils longeaient à présent le sommet d'une falaise abrupte qui, bien plus bas, plongeait à la verticale dans les eaux tourbillonnantes de l'océan. Puis le chemin redescendait à flanc de falaise, jusqu'à la mer. Arrivés à mi-pente, Mark lui fit signe de s'arrêter.

— Je voudrais que vous regardiez juste au-dessus de nous, lança-t-il, enthousiaste, en décrivant un grand mouvement du bras. Vous apercevez le sommet de la falaise? Eh bien, à cet endroit précis, nous avons prévu un grand restaurant panoramique, où les gens pourront admirer le coucher de soleil en dînant, car toute la façade sera en verre, et...

Furieuse, Sassy pivota sur elle-même.

— Quoi? Pas question! Vous...

Perdant l'équilibre, elle tituba dangereusement au-dessus de l'abîme. Aussitôt, Mark ouvrit les bras et l'attira contre lui. Le contact chaud du

50

corps de la jeune femme lui fit l'effet d'une décharge électrique. Mû par une soudaine impulsion, il la serra encore plus fort, baissa la tête et s'empara de ses lèvres, d'abord timide, puis de plus en plus ardent.

Sassy, envahie par un flot de sensations indescriptibles, eut l'impression qu'un torrent de lave en fusion se déversait dans ses veines, réveillant en elle une soif de volupté qu'elle croyait depuis longtemps disparue. Ivre d'émotion, elle entrouvrit les lèvres pour accueillir le baiser de Mark, dont les mains glissèrent le long de ses hanches frémissantes. Incapable de résister, elle se plaqua contre lui.

Au-dessus d'eux, une mouette éclata de rire. Sassy tressaillit et, recouvrant ses esprits, s'écarta aussitôt.

— Non! explosa-t-elle, blessée et honteuse.

— Faites attention! s'écria Mark en l'empoignant par le bras. C'est très dangereux!

— Je sais! riposta-t-elle, les yeux étincelants.

Elle sentit une sourde colère monter en elle. Comment avait-elle pu être assez stupide, assez faible pour succomber si facilement au piège qu'il lui avait tendu? Furieuse, elle tenta de dégager son bras, mais il resserra sa prise. Marc, inquiet, vit dans ses grands yeux verts, où la tempête faisait rage, qu'elle était sur le point d'exploser tout à fait. S'imaginait-elle qu'il l'avait embrassée pour essayer de la convaincre? Même s'il savait en son for intérieur que ce n'était pas vrai, il s'en voulait mortellement d'avoir perdu le contrôle de ses sens. Cet instant d'égarement ne risquait-il pas de compromettre définitivement le projet de Logan?

Il fallait agir sur-le-champ. Une idée lui traversa l'esprit. Même si elle avait une chance infime de réussir, il devait prendre le risque. Resserrant encore son étreinte, il la toisa d'un regard furieux et se mit à la secouer.

— Ça ne marchera pas, Sassy! rugit-il, feignant une violente colère. Je ne vous conseille pas de recommencer à employer des moyens pareils! Si vous croyez que vous pourrez me faire passer dans votre camp en utilisant vos charmes, vous vous trompez sur toute la ligne! Votre truc est vieux comme le monde, Sassy! Vous ne m'aurez pas comme ça!

Le sang afflua au visage de la jeune femme indignée. Elle ouvrit la bouche pour donner libre cours à sa furie, mais se reprit juste à temps, comprenant enfin ce qu'il voulait dire. Ainsi, ils s'accusaient mutuellement d'avoir voulu séduire l'autre pour lui faire trahir son camp! Peu à peu, le ridicule de la situation lui apparut dans toute sa splendeur, et elle partit d'un fou rire qui lui fit monter les larmes aux yeux.

— Ce n'est pas vrai! bredouilla-t-elle quand elle eut repris son souffle. Moi qui croyais que... Et vous... Oh, Mark! C'est tellement grotesque! Vous et moi...

Elle rit de plus belle.

Mark, profondément soulagé, laissa échapper un soupir. Heureusement, la jeune femme avait le sens de l'humour!

— Cela dit, rien ne vous empêche de réessayer, fit-il en souriant. La prochaine fois, je ne resterai peut-être pas de marbre.

4

SASSY releva aussitôt la tête pour affronter son regard espiègle.

– Réessayer? Non merci, fit-elle froidement. Il y a match nul. Nous nous sommes trompés tous les deux.

Sur ce, elle reprit sa progression sur le sentier escarpé, tout en s'efforçant de chasser la tension qui étreignait encore son cœur. Si leur baiser avait été l'occasion d'un grand éclat de rire, elle devait garder en tête que le problème de fond, celui de la résidence-club, n'avait pas évolué d'un millimètre. Elle décida de reprendre la discussion au point où ils l'avaient laissée.

– Au sujet de ce restaurant, vous n'êtes sûrement pas sérieux! grommela-t-elle en jetant un coup d'œil à Mark par-dessus son épaule. Le reste de votre projet n'est pas terrible, mais cette idée est carrément grotesque! Quelle abomination!

– Vous continuez à critiquer sans comprendre, rétorqua celui-ci, une pointe d'impatience dans la voix. Je voulais simplement que vous mémorisiez le site. Vous pourriez au moins attendre d'avoir vu les plans et les coupes avant de juger. Les bâtiments s'insèrent parfaitement dans le paysage. Ils ne l'enlaidissent pas, au contraire.

Elle se retint à temps de lui adresser une réplique cinglante. Ses arguments étaient typiques de tous les promoteurs immobiliers.

— Bien sûr, répondit-elle d'une voix posée. Permettez-moi de vous dire que je n'en crois pas un mot. Même si votre projet paraît charmant sur le papier, je sais très bien ce que ce magnifique endroit deviendra si vous obtenez le permis de construire. Sans parler du reste, imaginons seulement ce que donnera votre absurde restaurant. Premièrement, le long de la rambarde, il y aura en permanence une grappe de touristes en shorts et tee-shirts imprimés qui mâcheront du chewing-gum en regardant l'horizon. En effet, voilà qui risque d'ajouter à la beauté du paysage! Deuxièmement, ils jetteront toutes leurs cochonneries sur la plage en contrebas. En quelques mois, elle sera couverte de canettes de bière vides. Un vrai régal pour les mouettes! Troisièmement, ces foules de gens auront tôt fait de réduire à néant toutes les fleurs qui poussent dans les prairies.

— Attendez avant de condamner! Vous ne savez pas de quoi vous parlez, c'est évident. Vous n'avez même pas vu les plans. Laissez-moi au moins vous les montrer!

— Vous m'avez fait venir pour me montrer le site, que je connaissais déjà. Si je suis venue, c'est parce que je m'y suis engagée hier et pour vous prouver ma bonne foi. Cela dit, vous ne m'avez pas convaincue et vous ne me convaincrez jamais.

Voilà, j'ai rempli ma promesse. Et maintenant, rentrons.

La pente était de plus en plus raide. Le sentier descendait vers une petite plage de sable déserte. Balayées par le vent, les vagues soulevaient des gerbes d'écume.

– Voulez-vous me faire une faveur? demanda Mark.

Sassy se retourna et le considéra d'un œil soupçonneux.

– Ça dépend. Si c'est au sujet des plans, vous savez déjà ce que...

– Si votre opinion est déjà faite, les plans n'y changeront rien. Alors, pourquoi refuser de les voir? A moins que vous ne soyez plus très sûre de vous... Je vous en prie, Sassy, insista-t-il en la regardant fixement.

Elle dut détourner les yeux pour ne pas se laisser troubler.

– Je suis très sûre de moi. Même si vos plans sont admirables, ça ne changera rien pour moi. Je vous l'ai déjà dit.

Il lui posa une main sur le bras.

– Je les ai apportés, ils sont dans la voiture. Je voudrais simplement que vous y jetiez un coup d'œil. Ensuite, je vous promets de ne plus jamais vous ennuyer avec ça.

Sassy s'arrêta, réfléchit un instant, puis releva les yeux.

– D'accord, soupira-t-elle. Je vais les regarder. Comme ça, ce sera réglé une fois pour toutes.

– Exactement. Tout ce que je vous demande, c'est de laisser vos préjugés de côté. Il faut garder l'esprit ouvert, ajouta-t-il en lui prenant la main pour l'entraîner vers l'escalier rudimentaire, taillé dans le rocher, qui descendait jusqu'à la petite plage.

— Eh, attendez! s'écria la jeune femme, sans toutefois retirer sa main. Qu'est-ce que...? Où allons-nous?

— Venez, répondit simplement Mark.

Lorsqu'ils eurent rejoint le sable mou de la petite crique, il la conduisit jusqu'à une plate-forme rocheuse qui surplombait la mer.

— Asseyez-vous ici, ordonna-t-il, je reviens dans un instant.

Avant qu'elle ait pu dire un mot, il repartit vers l'escalier, dont il gravit les degrés quatre à quatre, puis disparut derrière la ligne de crête. La jeune femme s'assit en tailleur sur le rocher plat et s'adossa à la paroi de la falaise, face à la mer, pour contempler les mouettes qui virevoltaient parmi les vagues en riant. Il régnait en ce lieu une telle paix, une telle harmonie qu'il lui paraissait impossible qu'on puisse vouloir l'éventrer à grands coups de bulldozer pour y ériger un affreux restaurant panoramique.

Quelques minutes plus tard, il reparut au sommet de la falaise, un panier de pique-nique au bras droit, un long rouleau de papier à dessin dans l'autre et une couverture jetée sur l'épaule. En foulant le sable, il lui sourit.

— Tout ceci a été soigneusement préparé, annonça-t-il. Je commence par vous nourrir et vous griser de vin. Après ça, vous ne pourrez qu'être émerveillée par la beauté de notre projet.

Sur ces mots, il étala la couverture sur le sable chaud et ouvrit son panier, dont il sortit deux sandwiches enveloppés dans du papier d'aluminium qu'il posa devant Sassy.

— Voilà de quoi manger. Mais avant tout, dit-il en brandissant une bouteille et deux gobelets en plastique, je vais tenter d'affaiblir votre volonté avec cet excellent vin. J'espère seulement que vous n'êtes pas de celles qui ne supportent pas d'en boire autrement que dans du cristal?

— Ne vous inquiétez pas, répondit-elle, souriante.

Le brouillard s'était peu à peu levé, la chaleur montait du sable baigné de soleil. S'asseyant près de Sassy, Mark emplit de vin blanc les deux gobelets.

Ils trinquèrent.

— Disons... Au domaine de Sylvan Shores? proposa-t-il avec un sourire malicieux.

— C'est le nom que vous avez choisi? demanda-t-elle, lui rendant son sourire. D'accord, buvons au domaine de Sylvan Shores. Qu'il reste à jamais sur le papier.

— Vous n'êtes pas commode, Sassy, remarqua-t-il après avoir bu une gorgée de vin.

— Il faut bien que quelqu'un se batte pour sauver cet endroit, répondit-elle, reprenant son sérieux.

Leurs regards se croisèrent. Un interminable silence s'instaura, seulement rompu par le rire des mouettes et le grondement des vagues. Mark, fasciné, contempla ses cheveux flamboyants, son teint d'albâtre et les quelques taches de rousseur cuivrées qui parsemaient ses joues et son petit nez mutin. Incapable de résister, il leva la main et lui effleura le visage.

Le cœur de Sassy fit un bond, sa gorge se noua. Détournant soudain les yeux, elle s'efforça de rassembler ses idées. Elle savait qu'elle était en terrain dangereux. Elle leva son verre et but une gorgée avec une telle hâte qu'elle manqua s'étrangler et toussa à plusieurs reprises. Le charme était rompu, fort heureusement pour elle.

– Hum..., fit-elle en s'essuyant les yeux d'un revers de main. Il me semble que vous deviez me montrer ces plans, non?

– Pas tout de suite. Ça peut attendre.

Il redoutait qu'à l'instant même où il déploierait ses rouleaux de papier, tout serait instantanément terminé entre eux, ils redeviendraient de simples ennemis. Malgré la qualité architecturale de l'ensemble, il était certain qu'elle ne l'apprécierait pas. A plusieurs reprises, il n'avait pu retenir de petits mouvements d'humeur lorsque la jeune femme lui parlait du projet Logan comme d'une vulgaire résidence pour tourisme de masse. Les meilleurs architectes, les meilleurs paysagistes du pays avaient planché sur le projet. Mais elle ne voulait rien entendre.

– Vous avez toujours été comme ça? lui demanda-t-il, curieux. Vous vous êtes toujours battue bec et ongles pour défendre Carmel?

Les yeux fixés sur la crête des vagues, elle but une gorgée de vin.

– Je crois, oui. Mon père était exactement pareil. Lawrence – c'était mon mari, il est mort –

avait l'habitude de se moquer de nous en nous appelant la Paire infernale, connue dans tout l'État comme la terreur des promoteurs.

– Vous avez une famille? Des enfants?

– Des enfants? Non, répondit-elle, le regard vide. Autrefois, je... j'ai eu un bébé, mais il est mort, lui aussi... Ce fut une très mauvaise année. C'est alors que je suis revenue à Carmel.

Elle se retourna vers lui.

– Et depuis ce temps-là, je n'ai plus cessé de combattre les promoteurs dans votre genre.

Elle eut un sourire espiègle. Mark, touché, maudit le destin de n'avoir pu rencontrer cette éblouissante jeune femme dans d'autres circonstances. Posant son verre, elle prit un sandwich et le déballa.

– Du jambon de Parme! s'exclama-t-elle. C'est vous qui les avez faits?

– Non, je les ai achetés en ville. Cela dit, je fais un peu de cuisine.

– Moi pas du tout, répondit Sassy en riant. Je suis tellement minable que je suis obligée de vivre de hamburgers et de boîtes de conserve! Bon, ça suffit, vous savez tout de moi : que je suis nulle en cuisine, bonne journaliste et...

– Et que vous êtes la terreur des promoteurs, conclut Mark, hilare.

– Exact, marmonna-t-elle en mâchant son sandwich. Et vous, qui êtes-vous?

Il la resservit de vin.

– Je suis né dans l'Oregon, près de la frontière californienne, puis ma famille s'est installée à Stanford. Pendant un certain nombre d'années, mon père et mon oncle ont été les associés de Ralph Logan. A la mort de mon père, mon oncle a préféré se retirer de l'affaire. Moi, j'ai hérité un certain nombre d'actions de chacun d'eux. Depuis longtemps déjà, je travaillais chez Logan. Je suis resté. Mon travail me plaît, c'est une succession de défis qu'il me faut relever. En plus, je voyage tellement que je n'ai jamais le temps de m'ennuyer.

Il fit une pause, pensif, pour remplir son verre.

— J'ajoute que moi aussi, j'ai été marié. Une fois. Pendant quarante-huit heures.

Sassy, qui s'apprêtait à mordre dans son sandwich, resta bouche bée.

— Vous avez dit quarante-huit heures?

— Oui. Lorsque j'ai obtenu mon diplôme de Stanford, moi et mes collègues d'université avons organisé une grande fête de fin d'année. L'alcool coulait à flots. Tout à coup, quelqu'un a suggéré à Sam Delano et Patty Adams, qui étaient déjà fiancés, de commémorer leur diplôme en se mariant sur-le-champ. Pourquoi attendre? C'était une idée magnifique. Bref, aussitôt dit, aussitôt fait. Avec deux copains et nos petites amies de la soirée, nous avons décidé de les accompagner à Reno pour leur servir de témoins. Très franchement, je ne me rappelle rien du mariage proprement dit, sauf que l'officier de justice s'appelait Clinkhead et que ça nous faisait tous beaucoup rire. Tout ce que je sais, c'est que je me suis réveillé le matin dans un hôtel. J'avais une gueule de bois épouvantable et je... je n'étais pas seul.

— Et...?

– Il y avait dans mon lit une blonde aux cheveux longs qui portait un chapeau texan. Je me rappelais très vaguement l'avoir aperçue dans la soirée au bras d'un copain. Mais j'étais incapable de dire son nom... Je l'ai secouée, elle s'est assise sur le lit en posant sur moi un regard affolé. « C'est affreux! m'a-t-elle dit. Tu sais quoi? Toi et moi, on est mariés! Je croyais que tu étais George, mais j'ai dû me tromper! »

Il but une gorgée de vin.

– Évidemment, je ne l'ai pas crue, même si elle portait mon anneau d'or à l'annulaire gauche.

– Mais était-ce vrai?

– Oui, nous étions tout ce qu'il y a de mariés. Sur la commode, il y avait un certificat qui l'attestait. George et les autres étaient rentrés à Stanford. Comme c'était le week-end, Diane a proposé qu'on prenne les choses du bon côté. Bref, nous sommes restés deux jours à jouer au tennis et à nager dans la piscine. Et le lundi matin, nous avons fait une demande d'annulation.

Il y eut un court silence.

– Je ne l'ai plus jamais revue, mais nous nous envoyons des cartes de vœux tous les Noël. Elle s'est remariée, toujours pas avec George, d'ailleurs, mais avec un certain Fred qui lui a donné quatre enfants.

Sassy se demanda s'il avait profité de la situation pour « consommer » le mariage à l'hôtel, mais n'osa évidemment pas le lui demander. D'ailleurs, quelle importance?

– Drôle d'histoire, commenta-t-elle.

– Vous l'avez dit. En tout cas, elle m'a servi de

leçon. Alcool ou non, je n'ai plus jamais voulu entendre parler de mariage. Peut-être aussi parce que mon travail m'accapare entièrement. Je voyage trop pour pouvoir me fixer.

Sassy se demanda pourquoi il disait cela. Était-ce à son intention?

— D'accord, lâcha-t-elle après avoir vidé son gobelet. Si nous jetions un coup d'œil sur ces plans?

Mark hocha la tête, déblaya les restes de leur pique-nique et déploya le rouleau sur le rocher.

— Avant de dire quoi que ce soit, je voudrais que vous les regardiez tous attentivement. C'est promis?

— Pourquoi pas? fit Sassy en haussant les épaules. Cela dit, mieux vaut ne pas trop vous attendre à ce que je me pâme d'admiration.

— Nous verrons bien, répondit-il en étalant devant elle le premier plan.

Un par un, il commenta les planches dans le détail. Avec une attention croissante, Sassy suivit ses explications sans dire un mot. Lorsqu'il eut terminé, il enroula soigneusement les feuilles.

— Voilà, conclut-il. Le dernier plan, vous l'avez vu, était celui du restaurant panoramique qui vous a tellement frappée. Il n'est pas si affreux, n'est-ce pas? Soyez franche.

— C'est vrai, répondit la jeune femme en se levant. Vos architectes ont fait du beau travail.

— Alors? Le projet vous plaît? demanda Mark avec une pointe d'angoisse dans la voix.

— Oui.

— Dans ce cas, vous... vous allez cesser de nous

attaquer dans votre journal? Nous pouvons compter sur votre soutien?

— Quoi? s'écria-t-elle, les yeux écarquillés. Vous pouvez toujours attendre! Vous m'avez demandé si ces plans me plaisaient, et je vous ai répondu oui. Ils sont très bien. Cela dit, je n'ai pas la moindre intention de vous laisser construire cet ensemble! lança-t-elle, le regard étincelant. Vous devriez emporter ces plans à Miami ou à Hawaii, là-bas ils se sentiront chez eux! Ici, nous ne voulons pas de ce projet! Pas question de vous autoriser à saccager ce paysage de rêve! Pas question de vous livrer Carmel!

— Vous êtes vraiment une tête de mule! riposta Mark, sourcils froncés, en se levant à son tour. Vous avez vous-même admis que ces plans étaient excellents, mais vous ne voulez rien savoir! Ça ne sert à rien de discuter avec vous. Arnold avait raison, vous seriez capable d'empêcher saint Pierre d'installer le Paradis à Carmel!

— Et comment!

Outrée, Sassy lui tourna le dos et entreprit de rassembler les restes du déjeuner dans le panier. Mark la saisit par les épaules, la força à lui faire face et planta ses yeux dans les siens.

— Vous êtes bourrée de préjugés! gronda-t-il. Vraiment, vous êtes incroyable! Vous...

Il s'arrêta soudain, resta un instant figé, puis l'embrassa voracement. Sassy tenta de se débattre, mais ne parvint qu'à accentuer la pression des doigts de Mark sur ses épaules. Les lèvres de la jeune femme avaient un goût salé. Peu à peu, le baiser perdit de sa violence pour gagner en voluptueuse tendresse, et la jeune femme, vaincue et submergée de désir, cessa de résister.

Lorsque leurs lèvres se séparèrent, il la dévisagea longuement.

— Ce n'était pas prévu au programme, murmura-t-il, mais je ne le regrette pas.

— Ça ne change rien à mon opinion, Mark. Ni à la vôtre, j'imagine. Je crois qu'en matière d'immobilier, nous ne serons jamais d'accord.

— J'en ai bien peur, acquiesça-t-il avec un vague sourire. Mais on peut dire, en tout cas, que nous sommes les meilleurs ennemis du monde!

5

La main négligemment posée sur le volant de son cabriolet, Mark conduisait à petite allure sur la route côtière qui menait à Carmel. Embrassant du regard le splendide rivage, Sassy cherchait quelque chose à dire.

— Merci pour le déjeuner, finit-elle par déclarer. C'était très agréable, et j'adore le jambon de Parme.

— Vous avez eu de la chance, répondit Mark en lui jetant un coup d'œil de biais. J'ai eu du mal à trouver un endroit ouvert en ville. Tous les touristes tournaient en rond pour trouver quelque chose à se mettre sous la dent. Comment cela se fait-il ? On dirait que les commerçants de Carmel passent leur temps à dormir.

Comme elle, il préférait ne pas parler de leur récent baiser, qui pourtant hantait ses pensées.

— Pas du tout. Chez nous, les commerces ouvrent à dix heures du matin. Ceux qui veulent faire des courses plus tôt n'ont qu'à les faire ailleurs. Je connais même une boutique qui affiche « Ouvert quand c'est ouvert, fermé quand c'est fermé ». A Carmel, tout est comme ça.

– En tout cas, il y a des restaurants. Que diriez-vous de dîner avec moi ce soir au *Lancers* pour faire la paix?

Elle se tourna vers l'océan.

– Non, Mark. Vous avez votre travail, j'ai le mien. Bien des gens d'ici pensent la même chose que moi de ce projet. Déjà, ils doivent se demander si je suis en train de les trahir.

– D'accord, fit gaiement son compagnon. Mais j'aime relever les défis, et j'ai de la suite dans les idées. Un jour, j'arriverai à vous avoir à ma table. Je vous harcèlerai d'invitations jusqu'à ce que vous cédiez.

– L'espoir fait vivre, répondit-elle sèchement tandis que le cabriolet s'arrêtait devant chez elle. Merci pour le déjeuner et pour vos explications. Je dois admettre qu'elles m'ont éclairée. En tout cas, elles m'ont confirmée dans mon opinion.

Elle allait sortir de voiture lorsqu'il lui posa la main sur le bras.

– Une seconde, fit-il en fixant sur elle un regard pensif. J'ai une idée. Vous dites que ces plans vous ont plu, mais que vous ne voulez pas de cette résidence à Carmel?

– Oui, c'est exactement ça. Mais il n'y a pas que moi dans ce cas. La majorité des gens d'ici ont la même opinion.

Il hésita un instant.

– Écoutez, Sassy, vous avez accepté de voir ces plans, mais je voudrais vous mettre une dernière fois à l'épreuve. Demain, c'est dimanche. Venez visiter avec moi une résidence-club Logan. Vous rencontrerez ceux qui y vivent. Celle à laquelle je pense ressemble tout à fait à l'idée que je me fais de Sylvan Shores. Elle se trouve de l'autre côté de la baie de San Francisco. Nous l'avons baptisée domaine de la Marina.

La jeune femme ouvrit la bouche, mais il leva la main.

— Attendez un peu avant de refuser, Sassy. Qu'avez-vous à perdre? Au contraire, vous pourrez y recueillir de précieuses informations, sur le vif, pour défendre votre point de vue si vous ne changez pas d'avis. C'est à peine à quelques heures de voiture. Je fournis le véhicule et les provisions. Qu'en dites-vous?

— Mon opinion est déjà faite, Mark, déclarat-elle en affrontant son regard.

Une lueur furtive passa dans les yeux de Mark, qui lui pressa légèrement le bras.

— Sassy, je vous en prie... C'est une proposition tout à fait sérieuse. En plus, sur place, nous pourrons prendre quelques heures de détente. Ça ne nous fera pas de mal, je vous assure.

— Écoutez, Mark, vous savez très bien que...

— Je sais ce que vous allez dire. Vous allez me donner une excellente raison de refuser. Laissez-moi seulement vous rappeler que c'est peut-être notre dernière chance de nous voir tranquillement avant la guerre ouverte qui va bientôt démarrer.

En son for intérieur, Sassy se sentait gagnée par la tentation. Visiter une résidence-club ne l'intéressait guère, mais il avait raison de dire qu'il leur serait bientôt impossible d'entretenir des relations amicales.

— Faisons la trêve, insista-t-il. Nous déjeune-rons quelque part sur la baie de San Francisco, puis nous irons jeter un coup d'œil au domaine. Vous voulez bien? ajouta-t-il en lui prenant la main.

Sassy sentit ses belles résolutions fondre à vue d'œil.

— D'accord, murmura-t-elle d'une voix hési-tante. Mais c'est vraiment la dernière fois.

— Quel dommage que nous ne soyons pas dans le même camp!

— Oui, mais c'est un fait.

Elle sortit de la voiture. Mark la raccompagna jusqu'à sa porte.

— A demain matin, donc, dit-il. Je passe vous prendre vers neuf heures?

— Je vous attendrai, répondit Sassy après une dernière hésitation, vite balayée. Au revoir.

En refermant la porte, elle se demanda si elle n'était pas en train de perdre la tête.

Vers l'heure de dîner, la sonnette de la porte d'entrée fit sursauter Sassy. Le cœur battant, elle courut à la porte.

— Bonsoir, Sassy. J'ai essayé de vous appeler toute la matinée.

Palmer Jennings! Les commentaires de sa mère lui revinrent sur-le-champ en mémoire. Que venait-il faire?

— Ce matin? répéta-t-elle. Eh bien, je... j'étais en reconnaissance sur le site du projet immobilier de Logan.

— Vous n'êtes pas prête? s'enquit-il en laissant glisser sur elle un regard étonné.

Sassy resta un instant pétrifiée d'horreur. On était samedi! Le concert! Quinze jours auparavant, elle s'en souvenait à présent, il avait tellement insisté qu'elle avait fini par accepter son invitation à contrecœur.

– Entrez, Palmer, asseyez-vous. J'en ai pour une minute. Je suis un tout petit peu en retard.

Revenue dans sa chambre, elle farfouilla à la hâte dans ses tiroirs pour trouver quelque chose à se mettre et jeta très vite son dévolu sur une robe verte. Un coup de brosse, un trait de rouge à lèvres, elle était prête.

La soirée se déroula comme toutes les soirées avec Palmer. Elle ne s'amusait guère en sa compagnie, mais après avoir étudié ensemble, ils étaient restés amis. Depuis toujours, Palmer la poursuivait d'avances qu'elle s'obstinait à repousser avec douceur et fermeté. Mais rien n'y faisait, il persistait à espérer qu'elle lui céderait un jour. Elle se demandait parfois pourquoi elle ne voulait pas de lui. C'était un homme responsable, propriétaire et directeur d'un cabinet d'expertises-comptables, un homme courtois, respecté, intelligent et fabuleusement ennuyeux.

Au programme, de la soirée, comme d'habitude, dîner et concert. Quand elle pénétra dans la grande salle du *Lancers*, cependant, Sassy ne put s'empêcher de jeter un coup d'œil vers la table où, la veille, elle avait déjeuné avec Mark. Ils s'installèrent au centre de la pièce. Après avoir consulté le menu, Sassy leva les yeux pour dire quelque chose à Palmer et s'interrompit au beau milieu d'une phrase, pétrifiée.

Au bout de la salle, lui faisant face, Mark était attablé. Seul. Elle sentit le rouge lui monter aux joues lorsqu'elle lui adressa un vague signe de tête, puis se réfugia derrière son menu. A son grand soulagement, Palmer, absorbé par la liste des plats, n'avait rien vu.

Pendant tout le dîner, Sassy se garda bien de regarder par-dessus l'épaule de son vis-à-vis qui, comme à l'accoutumée, se jeta avidement sur les plats qu'on lui servait sans rien remarquer de son trouble.

A l'heure du café, n'y tenant plus, elle ne put résister à l'envie de jeter un coup d'œil vers la table de Mark. A son grand soulagement, il était parti.

— Excellent repas, n'est-ce pas? commenta Palmer, rassasié et heureux. De nos jours, il devient rare de savourer un tel rosbif. Nous ferions peut-être bien de partir, ajouta-t-il, tout sourires, en consultant sa montre. Nous devons retrouver mes parents à la salle de concert. Figurez-vous que je leur ai réservé deux places juste à côté de nous.

Avec vingt ans de plus, les parents de Palmer ressemblaient à une réplique de Palmer, multipliée par deux. Il s'agissait d'un couple respectable de Pebble Beach. Tous deux étaient de fervents défenseurs de la sauvegarde du vieux Carmel.

Après les salutations d'usage, chacun prit place parmi le toussotant public. Bientôt, M. Jennings se pencha sur Sassy et lui tapota le bras.

— Nous croyons tous que vous avez raison de combattre tous promoteurs, déclara-t-il. Cela dit, ma chère, soyez prudente. Ce sont des gens puissants.

– Nous sommes fiers de vous, Suzanna, renchérit Mme Jennings en tendant le cou par-dessus l'épaule de son mari. Mais peut-être serait-il plus raisonnable que vous renonciez à votre journal quand Palmer et vous... – elle fit un clin d'œil. Enfin, vous voyez ce que je veux dire.

Sassy la gratifia d'un sourire poli, soulagée de voir que les musiciens accordaient déjà leurs instruments. Palmer insista pour lui offrir un programme.

– J'envisage de nous réserver des fauteuils à l'année, lui glissa-t-il. Comme ça, nous pourrions passer la soirée à chaque concert. Riche idée, n'est-ce pas? conclut-il en se tournant vers ses parents.

Tous deux opinèrent du chef en souriant.

– Excellente, mon fils, approuva M. Jennings. D'ailleurs ta mère et moi pourrions faire la même chose. Nous sortirions tous ensemble.

La perspective ne semblait pas déplaire à Palmer, mais Mme Jennings lança un coup de coude discret à son époux.

– Voyons, chuchota-t-elle, tu devrais savoir que nos deux tourtereaux préfèrent sortir seuls.

– De toute façon, intervint Sassy, je ne peux faire aucun projet avant que cette affaire immobilière ne soit réglée.

Sur ce, les premières mesures d'un concerto de Bach emplirent la salle.

Après le concert, Palmer la raccompagna chez elle. Devant la porte, comme elle se retournait pour le remercier, il l'attira maladroitement à lui et colla ses lèvres sèches contre celles de la jeune femme. Son corps maigre tremblait d'émotion. Elle le repoussa sans rudesse.

– Bonne nuit, Palmer. C'était une excellente soirée.

– Vous ne m'invitez pas à prendre un verre? supplia-t-il, encore haletant.

– Non, vraiment. J'ai passé toute la journée à marcher, et une dure journée m'attend demain.

– Je vous appellerai bientôt, fit-il, penaud.

– Comme je l'ai dit à vos parents, expliqua-t-elle en posant la main sur le bouton de la porte, je vais consacrer tout mon temps à lutter contre ce projet immobilier. Jamais Carmel n'a été à ce point menacé.

– D'accord, Sassy. Ah! Comme j'aimerais vous délivrer du *Courrier* et de tous ces soucis de politique locale! Je ne sais pas si je vous l'avais déjà dit, mais une très jolie maison va bientôt être mise en vente juste à côté de chez mes parents. Bonne nuit, ma chérie, conclut-il en l'embrassant sur les joues.

– Bonsoir, Palmer, répondit-elle en se raidissant. Et encore merci pour cette bonne soirée.

Enfin débarrassée de lui, elle referma la porte et s'y adossa un instant, la tête en arrière. Les fades baisers de Palmer n'avaient eu qu'un effet sur elle, celui de lui rappeler la bouleversante saveur de ceux de Mark. Mark... D'un coup de rein, elle s'écarta de la porte, traversa la pièce et alla mettre en marche la télévision. Elle changea plusieurs fois de chaîne, soupira, l'éteignit et partit se coucher.

Lorsque Mark sonna le lendemain matin, elle était prête.

A la sortie de Carmel, le brouillard voilait l'immense étendue de l'océan. Ils croisèrent peu de monde dans la campagne assoupie, avant de rejoindre l'autoroute où ils furent happés par des files ininterrompues de véhicules en tous genres.

Mark ne fit pas la moindre allusion à sa présence au *Lancers* la veille au soir. Il conduisait avec une grande maîtrise, sans crainte ni agressivité. En l'observant du coin de l'œil, Sassy se sentit rougir. Elle détourna aussitôt la tête pour regarder les panneaux indicateurs et les stations-service qui défilaient à vive allure. Déjà, elle se mordait les doigts d'être venue. Elle n'avait que faire du domaine de la Marina. Si elle avait cédé, c'était uniquement pour passer quelques heures seule avec lui.

Ils retrouvèrent le brouillard en approchant San Francisco. Sur les collines de la ville, ses lambeaux s'enroulaient comme autant d'écharpes blanches qui dissimulaient presque au regard l'énorme structure orangée du pont de Golden Gate.

Ils empruntèrent la bretelle de sortie qui menait à Sausalito.

— J'aime beaucoup cette ville, déclara Mark. Avec ses rues tortueuses et ses petites maisons accrochées à flanc de colline, elle ressemble à un village méditerranéen. Si vous voulez bien, nous pouvons nous y promener un peu. Après le déjeuner, je vous emmène au domaine de la Marina, ajouta-t-il en lui décochant un sourire. Si je me rappelle bien, la nourriture a tendance à vous adoucir considérablement.

Il gara son cabriolet dans une ruelle pentue qui plongeait vers la baie.

– Vous avez l'air de bien connaître cette région, remarqua Sassy, l'air étonné.

– C'est normal. J'ai passé pas mal de temps ici pendant le chantier de la Marina.

– Mark, fit-elle d'une voix hésitante. Je vous l'ai déjà dit, vous n'arriverez pas à me faire changer d'avis. Vraiment, vous perdez votre temps.

– Ça tombe bien, j'ai du temps à perdre, répliqua-t-il, l'œil luisant de gaieté. Et puis un miracle peut toujours arriver. Il est possible que vous...

Ils croisèrent une grappe de touristes qui les força à se séparer un instant, interrompant Mark au milieu de sa phrase. Quand ils se furent rejoints, il consulta sa montre.

– Il est encore tôt, dit-il, mais je crois que nous aurions intérêt à déjeuner avant que les restaurants ne soient pris d'assaut. La dernière fois que je suis passé ici, j'en ai découvert un tout à fait convenable. Vous avez confiance ?

– Bien sûr ! répondit-il en riant. Un homme qui aime le jambon de Parme ne peut pas être entièrement mauvais !

Il la conduisit à un petit restaurant auquel on accédait par une longue rue en escalier. Ils s'installèrent autour d'une table installée contre une fenêtre qui dominait toute la baie. Une grand feu crépitait joyeusement dans la grande cheminée de brique dont le manteau était décoré de plats en cuivre.

Sassy suivit des yeux un remorqueur qui passa en hoquetant sous les arches métalliques du pont de Golden Gate. Le brouillard s'étant levé, l'eau de la baie avait retrouvé son bleu éclatant, rompu çà et là par les taches multicolores d'une myriade de voiles.

En se retournant, elle croisa le regard de Mark et son cœur fit un bond. Sans la quitter des yeux, il lui prit la main;

– Sassy... Je voudrais que rien ne vienne gâcher la paix de cette journée. Ni nos divergences ni ce qui risque de se passer dans les jours qui viennent.

– Je le souhaite aussi, Mark.

Sur la route, la tension renaquit entre eux lorsqu'ils s'approchèrent du domaine de la Marina. Après avoir longtemps serpenté entre une succession de vertes collines, ils empruntèrent une rampe asphaltée qui s'étirait entre deux rangées de grands arbres pour s'arrêter finalement devant une imposante grille de fer forgé qui barrait la route. Un homme en uniforme sortit d'une guérite, examina la carte que lui tendait Mark puis, appuyant sur un bouton, déclencha l'ouverture du portail.

En silence, ils roulèrent à faible allure entre de jolies maisons essaimées au milieu d'un océan de gazon. Sassy regardait tout avec une extrême attention, sans un mot. Mark lui fit faire tout le tour de la résidence, lui montra l'hôtel quatre étoiles que longeait un magnifique parcours de golf, les courts de tennis, les salles de loisir, les espaces verts, les étangs, puis engagea sa voiture dans une petite rue ombragée, bordée de coquets petits immeubles d'un étage qu'entouraient des pelouses où jaillissaient d'innombrables massifs de fleurs. Force était à Sassy d'admettre que l'ensemble était ravissant. Depuis son entrée dans le domaine, elle n'avait pas perçu la moindre faute de goût.

Il gara enfin sa voiture contre un trottoir pavé et tourna vers elle un visage interrogateur.

– Eh bien?

Hésitante, elle le considéra un instant.

– Vous avez raison, répondit-elle d'un ton passif, tout est très beau, le site, les espaces verts, les bâtiments, tout. Et je crois avoir fait preuve d'objectivité.

Elle jeta un coup d'œil sur un bâtiment voisin.

– Apparemment, remarqua-t-elle, chaque maison dispose d'une excellente vue sur la mer, et j'en ai aperçu plusieurs qui avaient un embarcadère privé.

La jeune femme se tut. Mark, qui espérait bien qu'elle changerait d'avis après avoir visité le domaine de la Marina, se détendit. Il se tourna vers elle en souriant.

– Bref, c'est très beau, reprit Sassy, et le sourire de Mark s'évanouit aussitôt, mais c'est aussi tellement artificiel! Ce sont des maisons, mais pas des foyers. Et tout cet ordre, toute cette symétrie! Une cité-dortoir de luxe aux abords de San Francisco, voilà où nous sommes! Je parie qu'à huit heures du matin le lundi, tous ces garages s'ouvrent en même temps pour laisser passer les messieurs qui partent au bureau! Combien y a-t-il de logements ici?

– Huit cents. Mais tout le monde y est très heureux, Sassy. D'ailleurs, il n'y en a pas un seul vide.

– Très bien. Ils répondent donc à un besoin. Je suis sûre que la plupart des habitants travaillent à San Francisco. Mais quel serait l'intérêt d'un tel ensemble à Carmel? Aucun. Nous sommes quatre mille huit cents. Pour remplir vos sept cent vingt-cinq logements, il vous faut relancer l'emploi à Carmel. Alors, bientôt, on verra pousser des tours de bureaux sur le front de mer, et pourquoi pas une réplique de Silicon Valley aux abords de la ville? Ce serait un massacre, Mark. Voilà pourquoi ma réponse est et restera non. Je suis désolée, mais il n'y a rien à faire.

Il la regarda un long moment en silence.

– D'accord, Sassy, dit-il enfin, visiblement déçu. Si nous repartions?

Sur le chemin du retour, ils échangèrent quelques propos insignifiants, entrecoupés d'interminables silences.

Aux abords de Carmel, Mark jeta sur sa voisine un bref coup d'œil. Il ne voulait pas la quitter ainsi. Comment faire pour éviter que les ponts ne soient entièrement rompus entre eux? En arrivant devant chez elle, il lui prit la main.

– Bientôt, nous allons nous combattre, Sassy. Je ne veux pas que ce conflit déteigne sur nos relations personnelles. Vous me comprenez?

– Oui, fit-elle en retirant sa main pour ouvrir la portière. Il faut essayer.

Elle s'extirpa du cabriolet. Mark la raccompagna jusqu'à la porte.

– Voulez-vous dîner avec moi? essaya-t-il.

– Non merci. Je vous ai suivie à Sylvan Shores, j'ai consulté vos plans, je suis même allée visiter une résidence-club Logan. Maintenant, la bagarre peut commencer. A partir de demain, nous redevenons adversaires politiques.

Elle posa sur lui un regard de défi, puis une lueur de gaieté malicieuse passa dans ses grands yeux verts.

– En garde, Mark Stewart!

Mark esquissa une caricature de mouvement d'escrime, puis pivota sur lui-même et, en saluant de la main, dévala le perron pour rejoindre sa voiture.

– Vous ne vous débarrasserez pas de moi si facilement, avertit-il de loin. Même les pires ennemis doivent quelquefois faire la trêve. Vous n'avez pas fini d'entendre parler de Mark Stewart!

Il enjamba la portière de son cabriolet, mit le contact et partit en trombe avant que Sassy ait eu le temps de répliquer quoi que ce soit.

Lorsque la jeune femme partit pour le journal le lendemain matin, le soleil californien commençait déjà à percer l'épais brouillard qui drapait les cyprès plantés sur les hauteurs de Carmel.

Selon son habitude, elle passa d'abord à la poste, moins pour y chercher son courrier que pour aller aux nouvelles. Le petit bureau était en effet un lieu de rencontre privilégié pour les habitants de la ville, qui venaient y colporter ou y entendre les derniers ragots, les dernières rumeurs. C'est pourquoi, contre l'avis d'Arnold

Burtis, la plupart d'entre eux s'étaient toujours opposés à la création d'un emploi de facteur et à l'attribution d'un numéro de rue pour chaque maison.

Lorsqu'elle y pénétra, le bureau grouillait déjà de monde. Elle alla ouvrir la boîte postale.

– Pas de lettres d'injures? Pas de sommation d'huissier? De menaces de saisie? demanda une voix familière, juste derrière elle.

La jeune femme se retourna aussitôt et fronça les sourcils à la vue d'Arnold Burtis, dont le regard de faucon était dardé sur elle. Pour lui donner le change, elle feignit de passer en revue les quelques enveloppes qu'elle tenait à la main.

– Vous ne recevez pas grand-chose, pas vrai, Sassy? ricana-t-il en lui agitant sous le nez une épaisse liasse de lettres. Ce n'est pas comme moi, voyez-vous! Nous sommes en train de passer un accord avec une grosse chaîne de supermarchés qui est prête à investir ici dès que le permis de construire du projet Logan aura été accordé. Et ce sera la même chose pour les magasins de vêtements, ma petite! Les contacts sont déjà partis! Et savez-vous quoi? J'ai dit à tous les gens d'ici, ils n'avaient absolument pas à craindre la concurrence, vu que les commerçants locaux se comportent comme s'ils étaient encore au Moyen Age! Tenez, je leur ai même parlé de vous! Je leur ai raconté que jusqu'à présent, une espèce de pétroleuse avait réussi à interdire l'accès de Carmel aux gros réseaux de distribution. A partir de maintenant, Sassy, la ville s'ouvre à l'avenir!

– Mais le conseil municipal...

– Vous faites bien d'en parler, justement! coupa Burtis, une lueur triomphante dans le regard. Jusqu'à présent, sur les six membres, il y en avait toujours trois pour afficher les mêmes opinions que vous! Bref, un ramassis de gâteux nostalgiques, qui ont toujours voté contre l'ouverture de grands hôtels ou même d'un simple fast-food. Mais ça, c'était avant que Mme Hansen ait décidé de se retirer du conseil, ajouta-t-il avec un sourire vipérin. Raisons personnelles, vous savez ce que c'est. Que voulez-vous, nous ne pouvions quand même pas la forcer à siéger contre son gré! Bien entendu, en tant que maire par intérim, j'ai toute autorité pour lui désigner un successeur.

– Vous avez fait pression sur elle! gronda Sassy en le toisant avec colère. Je ne sais pas comment, mais vous l'avez poussée à démissionner, tout ça parce qu'elle refusait de voter en faveur de votre maudit projet!

– Voyons, Sassy, fit-il avec un sourire complaisant, vous perdez votre sang-froid.

– Vous ne vous en tirerez pas comme ça, cingla-t-elle. Nous allons exiger un vote public!

Il allait partir, mais s'arrêta pour se retourner vers elle.

– Au fait, ajouta-t-il d'un ton fielleux, si j'étais vous, je ne compterais pas trop sur le soutien de votre nouveau petit ami. C'est lui qui nous a suggéré ce moyen de sortir de l'impasse.

Après un petit salut de la tête, il sortit du bureau. Furieuse et désemparée, Sassy resta un instant immobile. Elle ne pouvait pas croire que Mark ait pu avoir une idée si machiavélique. La vieille Mme Hansen, même si elle ne brillait plus par sa lucidité, venait d'une vieille famille de Carmel et s'était toujours opposée aux manœuvres des promoteurs.

– Sassy ?

Elle se retourna lentement vers Andy Anderson, qui refermait sa boîte aux lettres, trois grandes enveloppes brunes sous le bras. Il la regardait avec une sorte de gêne.

– Vous savez, Sassy, on a tous beaucoup réfléchi ces derniers temps. Et à vrai dire, on est pas mal à penser que ce projet immobilier ne nuirait pas à Carmel, au contraire. On a vraiment besoin d'une nouvelle caserne de pompiers, par exemple. Et les impôts locaux supplémentaires que paieront les nouveaux habitants ne seront pas de trop, croyez-moi.

Très mal à l'aise, il se balançait d'un pied sur l'autre. Même si elle n'était pas d'accord, Sassy comprenait son point de vue. Andy était menuisier charpentier. Le chantier Logan signifiait pour lui beaucoup de travail et d'argent en perspective.

– Vous n'avez pas tort, Andy, mais moi, c'est l'originalité, la tranquillité de Carmel que je cherche à préserver. C'est un endroit unique, vous le savez bien. Je n'aimerais pas qu'elle se transforme en une ville californienne parmi tant d'autres, pleine de bruit, de voitures, de fumée. Et je ne suis pas la seule dans ce cas, loin de là.

– Bien sûr, fit Andy en haussant les épaules, mais les choses finissent toujours par évoluer à un moment ou à un autre. C'est forcé. Vous devriez y penser, Sassy, ajouta-t-il en maintenant la porte ouverte pour permettre à la jeune femme de sortir la première.

Quand il l'eut quittée, elle consulta les petites annonces placardées près de la porte du bureau de poste, mais n'y trouva rien d'intéressant et, au lieu de se rendre directement à son bureau, rejoignit la rue qui longeait la plage de sable. Cheveux au vent, elle contempla les vagues qui s'écrasaient sur les rochers, puis poussa un long soupir. Jamais elle n'aurait cru que Mark soit capable de manœuvres politiciennes d'une telle bassesse. Elle se mordit la lèvre. Oui, la guerre était bel et bien déclarée.

Un bref instant, elle se demanda au nom de quoi elle poursuivait la lutte. Arnold Burtis lui avait dit un jour qu'elle vivait toujours au dix-neuvième siècle et qu'elle s'efforçait d'y maintenir Carmel avec elle. Était-ce entièrement faux ?

Elle se souvint d'un décret municipal de Carmel qui exigeait des projets immobiliers qu'ils « restent toujours subordonnés au caractère résidentiel de cette petite ville de pavillons aux jardins fleuris ».

Deux joggers qui couraient sur la plage firent s'envoler une troupe de mouettes. Sassy tourna les talons et partit vers son bureau.

Lorsqu'elle y entra, Harry était déjà en train de choisir l'emplacement des encarts publicitaires de la semaine.

— Bonjour, lança-t-il en l'apercevant. Décidément, ce projet immobilier est en train de faire un foin de tous les diables. Le téléphone n'arrête pas de sonner. Certains réclament à cor et à cri un éditorial incendiaire qui descendrait les promoteurs en flammes. D'autres nous reprochent, disons, de nous opposer à la marche du progrès. Parfois, ils emploient des mots nettement plus crus.

Il s'interrompit pour lui sourire.

– Au fait, toujours à ce sujet, votre ami Mark Stewart est passé tout à l'heure.

– Et alors? demanda-t-elle avec un regard de biais.

– Il m'a expliqué que vous refusiez de dîner avec lui. Il m'a dit que vous étiez têtue et m'a demandé de l'aider à vous convaincre.

Stupéfaite, Sassy grommela un juron et jeta son courrier sur le bureau avant de se retourner vers son collaborateur.

– Quel culot! Je lui ai déjà dit que je ne voulais plus le voir! Vous savez très bien comment sont les gens d'ici, ils iraient penser que... Vous voyez ce que je veux dire, Harry. J'espère bien que vous lui avez dit de ne pas compter sur vous.

– Il m'a dit que si ça ne marchait pas, répondit Harry en riant, il trouverait autre chose. A mon avis, vous feriez mieux d'accepter. Il m'a tout l'air d'être aussi têtu que vous.

Il s'interrompit un instant, songeur.

– Je me trompe peut-être, Sassy, mais je crois que c'est un type correct. Ce n'est pas parce qu'il travaille pour...

Un regard furibond de Sassy le réduisit au silence. Elle s'assit à son bureau pour lire son courrier. Il y avait quelques factures et deux résiliations d'abonnement, dont l'une était accompagnée d'un billet qui la traitait d' « hystérique du dix-neuvième siècle ». En la considérant, elle sentit une vague d'amertume l'envahir. Elle chercha des yeux le nom du signataire et comprit aussitôt. Il s'agissait de Wilbur Hemphill, le beau-frère d'Arnold Burtis, qui vouait une telle admiration au frère de sa femme qu'il faisait absolument tout ce que celui-ci voulait sans rechigner. A l'évidence, Arnold était à l'origine de ce commentaire.

Sassy se mit à classer les nouvelles qu'elle publierait dans la prochaine édition du *Courrier*, puis dressa les grandes lignes de son éditorial.

Elle travaillait depuis environ une heure et demie quand un râclement de gorge de Harry lui fit relever la tête. Il lui fit signe de regarder par la fenêtre. Elle s'exécuta et tressaillit. Un homme se dirigeait d'un pas vif vers le siège du journal.

Mark Stewart.

Le feu aux joues, elle se concentra sur sa machine à écrire. Son cœur battait la chamade. Bientôt, la voix de Mark lui parvint depuis le seuil.

— Rebonjour, Harry. Comme je passais par ici, j'en profite pour venir aux nouvelles. Avez-vous eu le temps de parler à votre patronne de mon invitation au restaurant ?

Sassy se retourna vivement et le fusilla du regard.

— Je peux vous répondre moi-même, gronda-t-elle. C'est non.

— Et pour le dîner ?

Le regard gris dont il l'enveloppa la mit au comble du malaise. Une boule se forma dans sa gorge, et, craignant de ne pas pouvoir articuler un mot, elle dut se contenter de secouer la tête.

– Tant pis, soupira Mark. Je reviendrai dès que j'aurai trouvé un autre prétexte.

Lorsqu'il fut reparti, Sassy évita soigneusement de regarder Harry, certaine qu'elle le trouverait le sourire aux lèvres.

– Ce type vous aime bien, finit par dire celui-ci d'une voix sérieuse. Il est sympathique. Quelle importance s'il défend le projet de Logan ? C'est son boulot, tout comme c'est le vôtre de vous y opposer.

– Il n'est pas régulier, rétorqua Sassy, amère. C'est lui qui a donné à Burtis l'idée de remplacer Mme Hansen à la commission municipale d'aménagement. Je ne sais pas qui ils vont mettre à sa place, mais ce sera certainement un de leurs alliés. Bientôt, nous serons envahis d'immeubles et de parcmètres.

– J'imagine que c'est notre ami Arnold qui vous a fait cette confidence.

– Plus ou moins, répliqua Sassy, désireuse de se replier dans le silence.

Continuant de feuilleter son courrier, elle classa les lettres qu'elle publierait dans la rubrique « Opinion des lecteurs », certaines en faveur du projet, d'autres contre.

A l'heure du déjeuner, comme elle traversait la rue pour s'acheter un hamburger, elle vit s'approcher la vieille Mme Hannaberry et ne put s'empêcher de sourire. A quatre-vingt-dix ans, elle portait toujours un grand chapeau plat surmonté de cerises artificielles et une robe de serge bleue à l'ancienne. Son vieux chien, perclus de rhumatismes, la suivait cahin-caha au bout de sa laisse. Avant de la rejoindre, la vieille dame fut abordée par un couple d'étrangers qui lui demandèrent quelque chose. Un instant plus tard, ils la remercièrent et s'en furent en riant.

– Ces gens sont bizarres, lança-t-elle à Sassy lorsqu'elle fut arrivée à sa hauteur. Ils m'ont demandé comment on allait à Monterey. Je leur ai dit qu'ils n'avaient qu'à attendre le bus du vendredi, et ils sont partis en riant. Je me demande s'ils ne m'ont pas pris pour une vieille folle! conclut-elle en s'esclaffant.

Sans attendre de réponse, Mme Hannaberry passa son chemin et Sassy secoua la tête en la regardant s'éloigner. Les deux touristes qui venaient de s'adresser à elle ne savaient certainement pas que la vieille dame prenait toujours un malin plaisir à jouer la comédie. Le seul fait de voir les autres rire d'elle la mettait en joie.

Au comptoir du bar, elle rencontra Link Colby, un membre du conseil municipal. Il l'accueillit d'un signe de tête.

– On est dans la mélasse, Sassy, lui dit-il gravement. On subit des pressions de tous les côtés. Ça vient d'Arnold, évidemment. Il n'arrête pas de me répéter qu'en tant que plombier, je devrais soutenir son projet. Selon lui, il y a un paquet d'argent à ramasser. Moi, je n'en ai pas besoin, j'ai tout ce qu'il me faut. Cela dit, cet Arnold est un sacré baratineur. Quand il tombe sur quelqu'un, il ne lâche pas prise. Ce projet, il fera tout pour le faire accepter.

– Ne vous laissez pas influencer, Link, répondit Sassy en étalant de la moutarde sur son sandwich.

– Il ne nous facilite pas la vie, marmonna Link, secouant la tête, avant de régler son addition et de sortir.

Quand elle eut fini sa dernière frite et avalé un café, Sassy regagna directement son bureau et passa l'après-midi à rédiger des articles et classer les petites annonces que Tim devait imprimer le lendemain matin.

Lorsqu'elle rentra chez elle, il était presque six heures. Elle se sentait fatiguée, inquiète quant à l'issue de la bataille. Elle ouvrit le réfrigérateur et en sortit un plat surgelé au poulet, qu'elle mit au four sans le moindre enthousiasme.

Elle s'effondra sur le canapé du séjour, ôta ses chaussures et brancha la télévision. A cet instant précis, la sonnette de l'entrée retentit. Marmonnant quelque chose à mi-voix, elle alla ouvrir d'un pas traînant.

– Bonsoir, madame. Une livraison du service de restauration à domicile!

Ébahie, Sassy considéra Mark. Il était en tenue de soirée et portait un panier empli de provisions, d'où dépassait le goulot d'une bouteille de vin.

– Mais... je...

– Puis-je entrer? dit-il d'une voix parfaitement assurée en l'écartant doucement du coude. Mieux vaut que je ne sois pas vu sur votre palier, ça ferait mauvais effet par les temps qui courent.

– Écoutez, vous..., bredouilla-t-elle, le cœur battant.

– Vous disiez que vous ne vouliez pas être vue en ma compagnie. Eh bien, vous aviez raison. C'est pourquoi je viens dîner chez vous, c'est plus discret. Je sais faire la cuisine, vous vous rappelez? Où est le réfrigérateur?

6

Mark posa son panier sur la table de la cuisine, ouvrit le four et en tira la barquette de poulet encore tiède. Fronçant les sourcils, il se tourna vers Sassy.

– C'est en mangeant ces horreurs que vous maintenez votre ligne? s'indigna-t-il.

Avec une moue dégoûtée, il s'apprêtait à jeter la barquette à la poubelle quand Sassy le lui prit des mains pour la remettre tranquillement au réfrigérateur.

– C'est mon dîner de demain, expliqua-t-elle. Je n'ai guère le temps de faire la cuisine, surtout quand je suis obligée de me battre contre des promoteurs sans scrupules qui veulent saccager notre région.

Sans relever la remarque, il ouvrit le panier et en sortit deux filets de bœuf, une botte d'asperges, un assortiment de salades et une baguette de pain. Pendant qu'il allait rincer la salade dans l'évier, Sassy s'assit sur un tabouret.

– Continuez, ne faites pas attention à moi, lâcha-t-elle d'un ton désinvolte. Si vous me donnez satisfaction, je vous embaucherai peut-être.

– Si je vous donne satisfaction ? répéta-t-il avec un coup d'œil malicieux.

Se sentant rougir, Sassy esquissa un geste de dénégation.

– Laisser tomber, répéta-t-elle précipitamment. De toute façon, vous n'allez pas rester assez longtemps à Carmel. Au fait, vous savez que la réunion extraordinaire du conseil aura lieu dans quelques semaines, ajouta-t-elle, redevenant sérieuse. C'est là qu'aura lieu le vote définitif du projet.

La démission de Mme Hansen lui revint tout à coup en mémoire et elle se raidit en songeant au rôle que Mark y avait joué.

– Je ne sais peut-être pas faire la cuisine, lâcha-t-elle d'une voix cassante, mais en tout cas, quand je me bats pour quelque chose, je respecte les règles du jeu. Par contre, je viens de découvrir que certains autres n'hésitent pas à tricher !

Mark, qui rinçait toujours sa salade, s'arrêta net pour lui jeter un regard plein de surprise.

– Attendez un peu, fit-il, fronçant les sourcils. Qu'est-ce que vous voulez dire par là ? Je ne sais pas pourquoi, mais je me sens visé.

– Corrigez-moi si je me trompe, répondit-elle d'un ton sarcastique, mais n'êtes-vous pas l'auteur de la petite manœuvre qui a permis d'éjecter Mme Hansen du conseil municipal ?

– Mme quoi ? répéta-t-il, un instant désemparé. Oh, j'y suis. Je me rappelle avoir demandé à Arnold quelle était la tendance dominante au sein du conseil.

Il fit une pause, songeur.

— Il m'a répondu qu'avec trois voix contre trois, la situation était généralement équilibrée. Ensuite, sans doute lui ai-je fait remarquer en passant qu'il était dommage que nous n'ayons pas la majorité pour nous. À aucun moment je n'ai suggéré de remplacer qui que ce soit.

Après s'être essuyé les mains, il vint vers Sassy, la prit par les épaules et la regarda dans les yeux.

— Je suis peut-être dans l'autre camp, mais j'ai horreur des coups bas.

La jeune femme détourna la tête. Cette fois, il ne s'en tirerait pas à si bon compte. Même s'il n'avait pas mentionné la mise sur la touche de Mme Hansen, ce n'en était pas moins lui qui en avait donné l'idée à Arnold Burtis. Mark, qui ne la quittait pas des yeux, comprenait son indignation et se sentait embarrassé. Connaissant Arnold, sans doute aurait-il mieux fait de peser ses mots avant de lui parler de la composition du conseil municipal. Il resserra sa prise sur les épaules de Sassy pour la forcer à lui faire face, puis lui redressa le menton de la main.

— Écoutez, Sassy, vous savez que je ferai tout ce qui est en mon pouvoir pour faire adopter notre projet de résidence, mais je tiens à garder les mains propres. Je ne veux pas entendre parler de magouille. Quand je me bats, c'est à la régulière. Cela dit, si Arnold a mal interprété mes propos, qu'est-ce que je peux y faire?

— Que vous l'ayez voulu ou non, ça revient au même, dit-elle avec colère en écartant la main de Mark. Le résultat est là.

— En tout cas, jamais je n'ai souhaité une chose

pareille, se défendit-il. C'est tout ce que je peux vous dire. Pourquoi tirez-vous toujours les pires conclusions possibles?

– C'est comme ça. Mon expérience m'a appris qu'il faut s'attendre à tout dès qu'il y a quelque chose d'important en jeu. Quand c'est l'avenir d'une ville entière qui en dépend, je ne supporte pas qu'on se livre à des manœuvres aussi méprisables!

Avec une moue dégoûtée, elle marqua une brève pause.

– D'accord, je dois reconnaître que Mme Hansen ne fait pas grand-chose au conseil. Elle est très vieille et peut-être un peu gâteuse, mais elle adore Carmel et les réunions municipales. Elle n'en manque pas une.

Le regard de Mark, vrillé sur elle avec une étrange insistance, la força au silence. Soudain, il se pencha en avant et effleura ses lèvres en un furtif baiser qui mit en feu les sens de la jeune femme, puis se redressa en souriant.

– Sassy, il serait temps que nous cessions ces enfantillages. Arrêtons de mélanger les affaires avec notre vie privée. Cela dit, vous avez raison sur un point. Je ne vais plus rester très longtemps à Carmel. Dans moins de trois semaines, cette affaire sera réglée. Ensuite, ce sera au tour des entrepreneurs de mettre le chantier en route. Quant à moi, je partirai pour Scottsdale, dans l'Arizona, où nous avons un projet de ranch-hôtel.

– Vous semblez bien sûr de vous, répliqua-t-elle, tentant d'apaiser la soudaine tristesse qui lui étreignait le cœur. Et si vous échouez? Et si

vous n'arrivez pas à faire adopter votre mons-
treux projet?

Avec un léger sourire, il retourna à l'évier et se
mit à couper la queue des asperges.

– Il ne faut pas rêver, Sassy, dit-il enfin. Cette
fois vous ne gagnerez pas. Mieux vaut voir les
choses en face. Jamais la société Logan ne s'est vu
refuser un seul de ses projets.

Il se retourna vers elle et la regarda dans les
yeux.

– Vous ne faites pas le poids contre eux, Sassy.
Ils n'ont pas l'intention de se laisser mettre des
bâtons dans les roues. Vous feriez mieux de jeter
l'éponge avant qu'il ne soit trop tard.

L'accent de sincérité qu'il avait mis dans ses
paroles ébranla Sassy plus qu'elle ne l'aurait
voulu. Même s'il lui coûtait de l'admettre, la vic-
toire des promoteurs était possible. Elle sentit un
nœud se former au creux de son estomac.

– Qui vivra verra... D'accord, Mark, vous avez
raison. Ce n'est ni ici ni maintenant que le problème se règlera. Autant parler d'autre chose.

– Exactement, répondit-il sans lever les yeux
de ses asperges.

La jeune femme le regarda, troublée par la
tranquille assurance avec laquelle il avait évoqué
l'issue finale de la bataille. Mais elle n'avait pas
encore dit son dernier mot, loin de là. Émergeant
enfin de ses pensées, elle jeta un coup d'œil au
four.

– Je ne voudrais pas mettre en doute vos
talents de cuisinier, mais le gril me paraît chauffé
à blanc. Quant à l'eau de vos asperges, il n'en res-

tera bientôt plus rien si vous la laissez bouillir encore cinq minutes.

Il la gratifia d'un large sourire.

– Laissez-moi faire. Je vous conseille de mettre la table, ce sera prêt dans une minute.

Avec un caricature de salut militaire, elle claqua des talons et disparut dans le séjour. Mark, songeur, resta un instant immobile. Elle ne se rendait toujours pas compte qu'elle n'avait aucune chance de vaincre Logan. Son combat était perdu d'avance. Mais si elle s'obstinait, elle risquait d'y laisser des plumes. En un sens, elle vivait dans un monde de rêve où tout ce qu'elle voulait, pour peu d'y consacrer un effort suffisant, pouvait être obtenu. Mais avec Logan, la réalité venait de la rejoindre. Secouant la tête, il badigeonna la viande d'huile d'olive, puis la frotta avec une gousse d'ail frais.

Sassy, après avoir dressé une petite table pliante devant la cheminée, la recouvrit d'une nappe propre, l'examina un instant, puis y plaça les deux chandeliers de cuivre qui reposaient sur le manteau de la cheminée.

– Prête? lui lança Mark depuis la cuisine.

– Prête!

Il apparut avec une bouteille de beaujolais et deux verres qu'il remplit après les avoir posés sur la table, puis repartit chercher les assiettes à la cuisine.

La nourriture était délicieuse.

– Vous êtes un vrai cordon-bleu, Mark, fit-elle avec un sourire admiratif. Je crois que vous avez raté votre vocation.

94

A cet instant, la sonnette de l'entrée retentit à plusieurs fois à intervalles réguliers.

Mark interrogea Sassy du regard.

– C'est ma mère, expliqua celle-ci en se levant pour aller ouvrir.

Sur le palier, l'élégante Mme Lindley accueillit sa fille d'un sourire.

– Bonsoir, dit-elle. Je vais au concert, mais je passais juste pour t'apporter ce...

La fin de la phrase mourut avant le seuil de ses lèvres quand, par-dessus l'épaule de Sassy, elle aperçut Mark.

– Oh, excuse-moi, je vois que tu n'es pas seule. Tiens prends ce gâteau, dit-elle en lui tendant une boîte en carton.

– Entre donc, maman. J'aimerais te présenter Mark Stewart, le, euh...

En voyant l'inconnu s'approcher, Mme Lindley éclata d'un rire cristallin qui interrompit Sassy au beau milieu de sa phrase.

– Je crois deviner, répondit-elle. Monsieur Stewart, vous êtes certainement le terrible promoteur dont toute la ville parle?

– En effet, acquiesça Mark, souriant. Ravi de faire votre connaissance. J'aimerais vous demander un conseil, madame. Comment pourrais-je convaincre votre charmante fille de soutenir notre projet? J'ai tout essayé, je suis même venu jusqu'ici lui faire la cuisine, mais rien n'y fait. Elle ne veut pas entendre parler de cette résidence. Jamais je n'ai vu quelqu'un d'aussi têtu!

Sassy poussa un bruyant soupir.

– D'accord, d'accord... Viens, maman, entre et

pose ton manteau. Tu ne refuseras sûrement pas de prendre un verre de vin avec nous. Comme ça, vous serez tous les deux plus à l'aise pour parler de moi.

– Avec plaisir, dit Mme Lindley en consultant sa montre, mais seulement pour dix minutes. Sinon, je vais rater le début du concert.

Quand elle fut installée, son verre à la main, elle fit glisser son regard de Mark à Sassy.

– Continuez de dîner. Ce repas me paraît bien trop bon pour que vous puissiez le laisser refroidir.

– Je suis désolé, s'excusa Mark, mais je n'ai apporté que deux steaks.

– Mon cher, ne vous faites aucun souci, j'ai déjà dîné.

Après avoir regardé Sassy, Mark se tourna vers sa mère, qui les observait avec une lueur amusée dans les yeux.

– Décidément, madame Lindley, j'ai grand besoin de vos lumières. Comment faire pour convaincre votre fille de l'intérêt de ce projet? Dès que j'ouvre la bouche, elle se met à secouer la tête en fronçant les sourcils.

– Mon cher, si vous espériez la convaincre, je crains fort que vous ayez perdu votre temps et votre argent en lui faisant ce dîner.

– Elle a toujours été comme ça?

Sassy les regarda l'un après l'autre, mais n'intervint pas.

– Toujours. Et son père avant elle. Quand elle prend son air buté, autant baisser les bras, il n'y a rien à faire.

96

– C'est ça, soupira Sassy. Je suis insupportable. Et maintenant, si nous jetions un coup d'œil à ce gâteau, maman?

– Il est au chocolat, ma chérie, tu t'en doutes bien. Je l'ai fait ce matin. Je me demande toujours si ma fille mange assez, dit-elle à Mark.

– Elle se nourrit de barquettes surgelées, quelle horreur! remarqua celui-ci en riant.

– Eh, vous deux, ça suffit! intervint Sassy. Mark, n'essayez pas de séduire ma mère. De toute façon, elle n'approuve pas non plus votre projet... Vous savez, ajouta-t-elle en levant son verre, au cas où vous échoueriez avec Logan, vous pourriez sûrement trouver une place de chef dans un restaurant de Carmel. Cela dit, comme vous l'avez sans doute remarqué, il n'y a pas un seul fast-food en ville. Non, je crois vraiment qu'il vous faudrait aller exercer vos talents ailleurs.

– Ma chérie, je serais ravie de poursuivre cette discussion, mais il y a près de vingt minutes que je suis ici, et le chef d'orchestre ne m'attendra sûrement pas pour commencer, déclara Mme Lindley en se levant après avoir posé son verre de vin. Merci pour tout. Enchantée d'avoir fait votre connaissance, Mark.

Lorsqu'elle fut partie, Mark se tourna vers Sassy.

– Elle est charmante. Par moments, vous lui ressemblez.

– Vous êtes bien la première personne à me le dire, dit Sassy, étonnée. D'habitude, on me compare plutôt à mon père en rappelant qu'il était têtu comme une mule et qu'il parlait trop.

– Et on a sans doute raison, fit-il en lui prenant la main pour la porter à ses lèvres. Mais vous êtes quand même adorable.

De retour à table, ils avalèrent une part de gâteau, puis Mark fit du café.

– C'est une nuit magnifique, remarqua-t-il en levant sa tasse. Il fait doux, clair, on voit des milliers d'étoiles. Si nous allions jusqu'à la plage d'un coup de voiture ?

Sassy eut à peine le temps d'ouvrir la bouche qu'il reprit la parole.

– Ne dites rien ! Je vois que vous commencez à froncer les sourcils, mais ne vous inquiétez pas, personne ne vous verra. D'ailleurs, je viens de vous faire la cuisine. Vous me devez bien une petite promenade.

Sassy ne put s'empêcher de sourire, mais elle hésitait encore. Tout au fond d'elle-même, une petite voix lui rappela avec insistance que cet homme si charmant était son ennemi.

– Sassy ?

La chaleur de sa voix décida la jeune femme. Elle regarda sa montre.

– Il est presque dix heures. Il faudra que je rentre tôt, car le *Courrier* doit impérativement être bouclé après-demain soir, et il me reste plusieurs articles à écrire.

Après avoir enfilé un pull-over, elle rejoignit Mark devant son cabriolet.

La nuit scintillait de mille feux. En voiture, ils longèrent l'avenue quasi déserte qui bordait la plage. Quelques touristes attardés sortaient çà et là d'un restaurant. Il n'y avait presque pas un bruit hormis le fracas des vagues et le frémissement des cyprès sous le vent.

– Je comprends que vous adoriez cet endroit, dit tout à coup Mark en se tournant vers elle à la sortie de la ville. Ici, on se croirait revenu cinquante ans en arrière. Cette campagne, ce village...

Il se tut soudain, conscient qu'il n'aurait jamais dû tenir de tels propos.

Sassy leva sur lui ses grands yeux, mais garda le silence. La moindre parole déplacée aurait pu rompre le charme de cette nuit magique. Bientôt, il gara sa voiture au bord de la route en corniche qui surplombait l'océan baigné de lune. Ils restèrent longtemps assis sans mot dire, pour s'imprégner des sons murmurés de la nuit. Lorsqu'elle se tourna enfin pour étudier le profil vigoureux de son compagnon, une étrange émotion s'empara de son cœur, comme le jour où ils s'étaient retrouvés au *Lancers*. Aussi, quand il fit mine de l'attirer à lui, vint-elle docilement se blottir au creux de ses bras.

La jeune femme releva le menton en sentant les lèvres de Mark se poser sur les siennes. Celui-ci, de peur de la brusquer, s'efforçait de maîtriser les furieux assauts du désir qui dominait ses sens. Son baiser fut d'abord timide, respectueux, caressant. La jeune femme haletait presque, il la sentait qui tremblait comme une feuille, vibrante d'émotion.

Soudain, elle se raidit, quitta ses lèvres et se réfugia contre la portière. Elle tremblait toujours. Quelque chose l'avait poussée à fuir, quelque chose qui n'avait rien à voir avec le projet immobilier qui les séparait.

— Non, Mark. Il ne faut pas.

Mark, les sens toujours en ébullition, prit quelques secondes pour récupérer son sang froid.

— Nous ne sommes plus des enfants, Sassy, lui dit-il d'une voix douce. Quand l'émotion nous prend, pourquoi ne...

— Non, Mark. Demain, et pendant trois semaines, nous redeviendrons des adversaires.

— Demain, Sassy, fit-il en l'enlaçant. Mais pas ce soir...

Sentant qu'elle refusait son étreinte, il laissa retomber ses bras. Sous les rayons de la lune, il la vit secouer la tête.

— Je vous en prie, implora-t-elle. Quels que soient nos sentiments, il ne faut pas oublier que nous nous combattons.

Elle fit une pause et fouilla intensément le regard de son compagnon.

— Êtes-vous prêt à renoncer au projet de Sylvan Shores?

— Sassy, répondit-il après un instant d'hésitation, vous savez très bien que c'est impossible. Ce n'est pas mon projet, mais je suis payé pour le défendre. C'est pour ça qu'on m'a envoyé ici. Je suis au service de la société Logan, comme mon père et mon oncle l'ont été avant moi.

— Et moi, répliqua-t-elle, je suis au service de Carmel, comme mon père l'a été. Vous cherchez à faire disparaître tout ce qui compte à mes yeux. Voilà pourquoi je ne veux pas qu'il y ait quoi que ce soit entre nous, ni maintenant ni plus tard. Si vous le voulez bien, j'aimerais rentrer. Demain, j'ai énormément de travail.

Docile, il mit le moteur en marche et fit demi-tour. Lorsque sa voiture s'arrêta devant la maison de Sassy, il s'apprêtait à en sortir lorsqu'elle le retint.

– Non, Mark, dit-elle en descendant du cabriolet. Il est tard. Merci pour le dîner et bonne nuit.

Elle ouvrit la porte, entra et la referma sans se retourner. En entendant s'éloigner le ronronnement du moteur, elle tenta en vain de retenir ses larmes. Le sentiment d'avoir fait son devoir ne lui apportait aucune joie, bien au contraire. Jamais elle ne s'était sentie aussi malheureuse.

7

HARRY jeta un coup d'œil sur Sassy, qui était courbée sur sa machine à écrire et accumulait les pages sans jamais relever la tête.

– Je viens d'avoir une idée, lâcha-t-elle enfin en se retournant vers lui. Charlie Fawcett est-il toujours en ville ? Ça fait un bout de temps que je ne l'ai pas vu, mais j'aurais besoin qu'il me rende un petit service.

– Charlie ? répéta Harry, surpris. Oui, bien sûr. Il vit aux Fleurettes, vous savez, cette maison de retraite. Mais je ne suis pas certain qu'il dessine encore. Le bougre commence à se faire vieux ! Puis-je vous demander à quoi vous pensez ?

– J'ai du travail pour lui. J'aurais besoin d'un ou deux dessins pour accompagner mon éditorial.

Sur ce, Sassy se remit à taper sans interruption. Quand elle eut mis un point final à sa dernière page, elle la sortit de la machine, se leva et partit directement à l'imprimerie avec une liasse de feuillets sous le bras.

– Tenez, Tim, fit-elle en la tendant au vieil homme. C'est mon édito de la semaine. Mettez-moi ça sur une colonne si vous pouvez, mais surtout, gardez-moi de la place à côté. J'aimerais l'illustrer d'un ou deux dessins si on a le temps. D'ailleurs, ajouta-t-elle en consultant sa montre, il faut que je m'en occupe tout de suite.

Tim prit les feuilles, commença de lire la première, puis haussa les sourcils et regarda sa jeune patronne.

– Écoutez, Sassy...

Elle lui décocha un coup d'œil qui le réduisit au silence.

– Laissez tomber, Tim. Je sais parfaitement ce que j'ai à dire. Cet édito paraîtra tel quel. C'est bien compris? Je ne veux pas que vous changiez une virgule. Sinon, ça va barder pour votre matricule!

Sur ce, la jeune femme s'éclipsa. Tim, haussant les épaules, revint à sa vieille linotype avec le manuscrit de l'éditorial. Il avait déjà maintes fois entendu ce genre d'avertissement dans sa bouche et celle de son père, mais savait que ni l'un ni l'autre ne plaisantait en parlant ainsi. Avec une moue désapprobatrice, il se mit au travail.

De retour au bureau, Sassy attrapa sa veste.

– Je vais voir Charlie Fawcett, lança-t-elle à Harry. Je serai de retour vers midi.

Au volant de sa vieille voiture, elle sortit de Carmel et suivit sur plusieurs kilomètres une petite route de campagne qui serpentait au fond d'une vallée sauvage.

Après avoir franchi le portail des Fleurettes, elle gara sa voiture et se rendit à la réception. La standardiste téléphona à Charlie Fawcett pour l'avertir qu'il avait de la visite. Lorsque Sassy se présenta dans le couloir du deuxième étage, il l'attendait à la porte de sa chambre. Il était âgé, un peu voûté, mais ses yeux bleus avaient gardé l'éclat malicieux qu'elle leur avait toujours connu.

— Tiens, tiens, voilà la fille du vieux John Lindley, dit-il gaiement. Haute comme trois pommes, vous étiez déjà tout le temps fourrée au journal, je me rappelle très bien. Entrez, ma petite.

Après s'être assise, elle lui expliqua ce qu'elle avait en tête. Le vieil homme l'écouta sans mot dire, puis se cala dans son fauteuil, mains jointes devant la bouche, et la regarda droit dans les yeux.

— Vous pourriez faire ça pour moi, monsieur Fawcett? demanda-t-elle gravement, une pointe d'appréhension dans la voix.

Il y eut encore un silence, puis le vieillard partit d'un grand rire sec.

— Elle est bien bonne! s'exclama-t-il entre deux hoquets. Impayable! Si le vieux John entendait ça, il se tiendrait les côtes, j'en mets ma main au feu!

— Pouvez-vous le faire, monsieur Fawcett?

— Si je peux le faire? Et comment! J'ajoute, jolie rousse, que ça ne vous coûtera pas un centime. J'accepte en souvenir du vieux John, qui m'a rendu plus d'un service. Bon, soyons sérieux. Pour quand vous faut-il ça?

— Si c'est possible, j'aimerais que ça paraisse dans le prochain numéro, celui de cette semaine.

— Votre idée me plaît tellement que j'ai bien envie de m'y mettre tout de suite. Je crois que j'ai bien compris ce que vous vouliez. Vous dites que c'est pour le prochain numéro?

– Si ça ne vous pose pas trop de...

– Ça ira, dit-il en consultant l'horloge murale. Vous n'avez qu'à repasser, disons, cet après-midi, aux environs de trois heures et demie... Non, mettons plutôt quatre heures. Je vous promets que ce sera prêt.

Après l'avoir chaleureusement remercié, elle posa la main sur la porte.

– Je suppose que vous savez à quoi vous en tenir, lui dit-il encore. Votre idée, c'est de la dynamite. Vous dites que ce Burtis est prêt à tout pour faire passer ce projet de résidence?

– Oui. Le maire est toujours à l'hôpital, et son dernier bulletin de santé n'est pas fameux. En ce moment, Arnold est le patron. A mon avis, ces dessins ne vont pas beaucoup lui plaire, c'est le moins qu'on puisse dire. Quant aux hommes du groupe Logan, ils ne risquent pas d'apprécier non plus.

– J'admire ce que vous faites, opina le vieillard. Il fallait bien que quelqu'un se jette à l'eau. Si j'avais eu vingt ans de moins, je me serais battu avec vous... Mais attention, Sassy, ajouta-t-il en retrouvant son sérieux. Tout gamin, cet Arnold Burtis était déjà vicieux. Soyez prudente, on dit qu'il n'y va pas avec le dos de la cuiller. Ne le perdez jamais de vue! Et s'il vient vous serrer la main, n'oubliez pas de compter vos bagues après!

Il éclata encore une fois de rire.

– Ne vous inquiétez pas, répondit Sassy en riant aussi, je ferai très attention. Et merci pour les dessins!

En s'installant au volant de sa voiture, Sassy

songea qu'elle prenait des risques en publiant ces dessins. Et Mark? Comment réagirait-il en ouvrant le journal? Secouant la tête, elle mit le contact et repartit vers Carmel.

Lorsqu'elle se gara devant le siège du *Courrier*, elle n'était toujours pas parvenue à chasser Mark de ses pensées. Dès qu'elle entra dans le bureau, Harry leva les yeux sur elle.

– Alors? s'enquit-il. Vous avez trouvé le vieux Charlie?

Sassy acquiesça. Elle allait accrocher sa veste au portemanteau, mais changea d'avis.

– Je ferais bien d'aller voir tout de suite Halford pour les publicités de la semaine, dit-elle. Il n'a pas appelé?

Un long silence répondit à sa question.

– D'accord, Harry, reprit-elle. Je vous connais, vous avez une mauvaise nouvelle à m'annoncer. Allez-y, je vous écoute.

– Inutile d'aller voir Halford, Sassy. Il vient d'appeler pour annuler toutes les publicités.

La nouvelle fit tressaillir Sassy. C'était un coup dur, car Halford était de loin le plus gros annonceur du *Courrier*. Elle accrocha sa veste au portemanteau.

– Pour cette semaine ou définitivement?

– Définitivement. Apparemment, sa fille rêve d'ouvrir un grand fast-food en franchise, et Arnold lui a promis qu'elle pourrait compter sur son soutien dès que le projet Logan serait adopté.

– Je vois, grommela la jeune femme en se passant la main dans les cheveux. Bon, tant pis. Ce n'est pas la première fois que nous perdons un annonceur. Ils finissent toujours par revenir. C'est l'avantage d'être l'unique journal local. Un de ces jours, Halford changera d'avis.

Un peu plus tard, elle reçut un coup de téléphone anonyme si ordurier qu'elle ne put s'empêcher de rougir. Malgré le mouchoir que son correspondant avait pris soin de plaquer contre l'appareil, elle n'eut aucune peine à reconnaître le fort accent new-yorkais du beau-frère d'Arnold Burtis.

Quant à Mark, il ne se manifesta pas de la journée. C'était parfait, songea-t-elle avec une conviction modérée. Les choses étaient redevenues telles qu'elles auraient toujours dû rester.

Il était presque quatre heures quand elle revint aux Fleurettes.

— C'est à peu près ce que vous vouliez? s'enquit Charlie Fawcett en lui tendant ses dessins.

Sassy regarda l'un, puis l'autre, et éclata brusquement de rire.

— C'est parfait, Charlie! Ils sont formidables!

— Je n'en suis pas si sûr, fit le vieillard avec une moue dubitative. J'ai l'impression de vous offrir une bombe à retardement. Faites attention, Sassy. Un simple dessin suffit parfois à mettre le feu aux poudres.

S'il refusait toujours de se faire payer, il accepta avec joie la boîte de cigares que Sassy venait de lui acheter sur les conseils de Harry.

De retour au bureau, elle jeta les dessins sur la table de son fidèle collaborateur.

— Pouvez-vous les préparer pour l'imprimerie? Il me les faut dans le prochain numéro. Je sais que ça ne vous laisse pas beaucoup de temps, mais je vous fais confiance.

Harry regarda les deux dessins, pinça les lèvres, fronça les sourcils et leva sur sa patronne un œil exaspéré.

– Sassy je vous ai déjà prévenue...

– On ne discute pas avec son chef, dit-elle avec un léger sourire. C'est un ordre, Harry.

– Vous êtes infernale! grommela-t-il en reposant les dessins sur son bureau. Au fait, Emily Harris vient d'appeler. Le Comité de sauvegarde de Carmel se réunit demain à treize heures trente. Ils comptent sur votre présence.

– J'irai, fit Sassy en s'asseyant devant sa machine à écrire pour rédiger quelques nouvelles brèves.

Harry lui jeta un coup d'œil inquiet, puis secoua la tête. Cette fois, il avait le pressentiment qu'elle poussait le bouchon trop loin.

Le lendemain, vers une heure vingt-cinq, tandis qu'elle descendait la rue principale en direction du siège du Comité de sauvegarde, Mme Armstrong surgit de sa petite boutique d'antiquités, la rattrapa et la saisit par le bras.

– Sassy! s'écria-t-elle d'une voix suraiguë. Il s'est passé quelque chose de terrible! Le loyer de ma boutique vient d'être multiplié par trois! Il faudra que je paie mille cent dollars par mois, rendez-vous compte! Burtis est en contact avec un groupe important de San Francisco qui lorgne ma boutique pour en faire un drugstore! Ma boutique, Sassy! Ils veulent me forcer à mettre la clé sous la porte en m'écrasant de charges! C'est ignoble...

Les yeux de la petite femme s'emplirent de larmes.

– Ça fait vingt-deux ans que je suis ici, sanglota-t-elle. Oh, Sassy, je vous en supplie, faites quelque chose!

– Je vais essayer, répondit celle-ci, une lueur sombre dans le regard. Je vais de ce pas à la réunion du Comité de sauvegarde. Nous allons prendre nos dispositions. Par ailleurs, je mentionnerai votre cas dans mon éditorial. Nous ferons tout ce qui est en notre pouvoir, madame Armstrong.

– Je l'espère, fit celle-ci, vaguement rassurée, avant de repartir, tête basse, vers sa boutique.

Sassy reprit son chemin. En passant, elle vit Arnold Burtis sortir du *Lancers* en compagnie de Mark, dont le regard croisa le sien pendant quelques secondes. Malgré la colère dans laquelle l'avait plongée le récit de Mme Armstrong, elle ne put s'empêcher de ressentir une vive émotion. Pour faire taire les battements de son cœur, elle inspira profondément et pressa le pas.

Mark la suivit longtemps des yeux, sans prêter la moindre attention à ce que lui disait Arnold. Elle avait sans doute raison sur un point, songeat-il. Le projet Logan ne lui apporterait strictement rien, à elle qui s'accrochait comme elle pouvait à son journal désuet et à un village d'un autre temps. Cependant, la menace qui pesait sur elle se précisait d'heure en heure, mais il ne pouvait ni la dissuader de lutter, ni empêcher la société Logan de vouloir imposer son projet; car s'il possédait des actions du groupe, elles ne lui donnaient aucun pouvoir de décision. Or, si Sassy continuait à hausser le ton, Logan emploierait les grands moyens pour la faire taire, et le glas du *Courrier* ne tarderait pas à sonner. Il avait tout essayé pour la raisonner, mais en vain : Sassy ne voulait rien entendre.

— Alors? Qu'en pensez-vous, Stewart? Vous avez bien une opinion sur la question, n'est-ce pas?

— Pardon? Oh, excusez-moi, Arnold. Je pensais à autre chose. Pourriez-vous répéter ce que vous disiez?

— Je parlais du *Courrier* et de Sassy Dale. Comment faire pour la mettre sur la touche? Je sais qu'elle a l'air inoffensive, mais vous ne l'avez pas encore vue quand elle se déchaîne pour de bon.

— A vrai dire, ça ne m'inquiète pas trop. Comme je vous l'ai déjà dit, nous considérons que l'opposition fait partie du jeu.

— C'est facile à dire, répondit Burtis en voyant Sassy disparaître au coin de la rue, mais je me fais quand même du souci. Ces derniers temps, elle est beaucoup trop tranquille pour mon goût. Ça cache sûrement quelque chose. Nous devons rester sur nos gardes.

L'air absent, Mark hocha la tête.

Sassy entra dans le bâtiment qui servait de siège au Comité de sauvegarde. Une douzaine de femmes étaient déjà assises autour de la table de la grande salle et parlaient toutes en même temps. En apercevant la directrice du *Courrier*, Emily Harris vint à sa rencontre.

— Entrez, Sassy, nous vous attendions. Nous

avons tant besoin de vos conseils! Il semblerait, poursuivit-elle d'une voix inquiète, qu'une partie de nos concitoyens se soient ralliés à ce projet immobilier, qui est pourtant l'œuvre d'étrangers!

Quand Sassy prit place au bout de la table, la rumeur se tut et tous les visages se tournèrent vers elle.

– Je ne vois guère qu'une solution, commença-t-elle. Il faut faire pression sur nos élus. Envoyez-leur des lettres de protestation, faites des pétitions, parlez à vos voisins, à vos amis, aux commerçants. Il faut mobiliser l'opinion.

En son for intérieur, elle ne croyait guère à l'efficacité de telles mesures face à un géant de l'immobilier comme la société Logan, mais elle fit de son mieux pour paraître enthousiaste.

– Cette semaine, annonça-t-elle avec un sourire, le *Courrier* lance une nouvelle campagne contre ce projet.

– Je suppose que vous avez appris de quelle manière Mme Hansen a été écartée du conseil municipal, intervint une femme. C'est sûrement un coup d'Arnold Burtis!

Le regard de Sassy parcourut l'assistance et s'arrêta sur Mme Stephens, une petite femme d'une quarantaine d'années.

– Marjorie, dit-elle, Ethel Hansen est bien votre cousine, n'est-ce pas? Je voudrais que vous la convainquiez de retirer sa démission. Il n'est pas encore trop tard, puisqu'elle n'a pas encore de remplaçant. Dites-lui que nous comptons absolument sur elle, qu'elle est notre dernière chance.

Ravie, la petite femme se leva.

– Je vous promets de faire de mon mieux,
Sassy. Et même plus!

Rose de plaisir, elle se rassit sous les applaudissements de ses collègues. Sassy répondit
encore à toutes sortes de questions et prières. Le
plus souvent, elle dut se contenter de répéter que
son journal mettrait tout en œuvre pour chasser
les promoteurs et d'exhorter ses sœurs à mobiliser les indécis, à se rendre en masse aux moindres
réunions publiques, à faire, en somme, le plus
grand tapage possible.

En quittant le Comité sous les encouragements,
elle se demanda avec une certaine inquiétude
quel serait l'effet de la prochaine édition du *Courrier*. Il était certain, en tout cas, qu'elle ne laisse-
rait personne indifférent.

Debout devant la vieille presse, elle attendit
l'arrivée du premier exemplaire de son journal.
Le cœur battant, elle s'en saisit et relut son éditorial. Harry Dunbar fit de même et, secouant la
tête, jeta un regard réprobateur à Sassy.

– Cette fois, marmonna-t-il, la bombe est amor-
cée. Je me demande où je pourrais bien me
cacher pour éviter le lynchage. Et que va dire
votre ami Mark? Le journal sera dans tous les
kiosques, sur tous les paillassons dans une heure.
Il le lira forcément.

– Mark? dit-elle d'un ton désinvolte. Ça ne lui
fera certainement pas plaisir, mais je ne crois pas
qu'il soit surpris. D'ailleurs, c'est son problème,
pas le mien.

Ce soir-là, en rentrant chez elle, elle sortit une

barquette surgelée du congélateur et la fit réchauffer. Assise à la table de la cuisine, fourchette en main, elle sentit une étrange chaleur envelopper son cœur. D'un seul coup, elle comprit. Furieuse contre elle-même, elle esquissa une grimace, mais rien n'y fit. A quoi bon se leurrer? A quoi bon fermer les yeux sur la lumineuse évidence? Force lui était d'admettre qu'elle aimait Mark Stewart, le promoteur qu'elle combattait. Elle l'aimait de toute son âme. Comme un voleur, il était entré dans son cœur par effraction.

Du bout de sa fourchette, elle repoussa un morceau de carotte dans le coin de la barquette.

Le cri de la sonnette d'entrée la fit sursauter. D'un bond, elle se leva et courut ouvrir.

Mark la transperça d'un regard scintillant de colère. L'air, autour de lui, semblait chargé d'électricité. Il entra et fit claquer la porte derrière lui, un exemplaire du *Courrier* à la main.

– Bon sang! rugit-il en agitant le journal. Là, vraiment, c'est trop! Vous ne manquez pas d'air! C'est... Jamais je n'ai vu un pareil...!

Écarlate, il dut s'interrompre pour reprendre son souffle.

– C'est... C'est une honte! parvint-il enfin à dire, et pointant un index vengeur sur l'éditorial du *Courrier*.

Sassy posa les yeux sur le journal. Les dessins de Charlie étaient parfaits. Le premier représentait un restaurant panoramique rutilant, décoré dans un style outrageusement pompier, qui surplombait la plage. Sa terrasse était envahie par une légion de touristes vulgaires en short et de grosses femmes aux cheveux chargés de bigoudis qui s'amusaient à lancer des canettes de bière sur les phoques terrorisés qu'on apercevait en contrebas. « Bienvenue au domaine de Sylvan Shores », disait la légende.

L'autre dessin évoquait la rue principale de Carmel, rebaptisée « boulevard Logan ». Elle croulait sous une succession d'enseignes lumineuses criardes qui signalaient des commerces en tout genre, de la bijouterie au marchand de souvenirs, en passant par les fast-foods et les sex-shops. De l'autre côté du boulevard, des tours de vingt étages barraient l'horizon et déployaient leur ombre sinistre sur un flot gigantesque de voitures immobilisées par un feu rouge. Un nuage de fumée planait sur la ville. Les trottoirs étaient envahis par des hordes de touristes au coude à coude qui mangeaient des sandwiches et suçaient des glaces parmi les amoncellements de papiers gras qui recouvraient le pavé.

Prise de fou rire, Sassy dut se détourner. Soudain, Mark la prit par les épaules et la secoua sans douceur pour la forcer à lui faire face.

– Quel culot! Vous êtes complètement cinglée! bredouilla-t-il. Ce torchon a fait le tour de la ville! Je parierais même qu'il ne va pas tarder à atterrir sur le bureau de Logan!

– J'espère bien, dit-elle gaiement.

Peut-être espérait-il qu'elle lui ferait des excuses, mais elle n'en avait pas la moindre envie. A la guerre comme à la guerre! Elle avait toujours entendu dire qu'un bon dessin vaut mieux que cent discours. A présent, elle savait que c'était la pure vérité.

– Pourquoi vous mettre dans un état pareil? poursuivit-elle, reprenant son sérieux. Après tout, ces dessins correspondent très exactement à ce que je vous ai dit quand vous m'avez montré vos plans.

Les yeux de Mark continuaient à lancer des flammes. Son souffle était court, ses mains tremblaient sur les épaules de Sassy, qui sentit monter en elle un trouble progressif. Elle ouvrit la bouche pour ajouter quelque chose, mais nul mot n'en sortit. Mark, hors de lui, continuait à déverser un flot d'imprécations variées.

– Taisez-vous! lâcha-t-elle enfin, beaucoup plus fort qu'elle ne l'aurait voulu.

Pendant un moment, la surprise le réduisit au silence.

– Vous êtes la fille la plus insupportable, la plus...

Un voile sombre passa dans ses yeux gris. Tout à coup, les deux mains crispées sur les épaules de la jeune femme, il l'embrassa avec une fougue inouïe, presque sauvage. Elle tenta de se débattre, mais les lèvres brûlantes de Mark restèrent obstinément collées aux siennes. Dès qu'elle cessa de résister, la violence primitive de leur étreinte s'évanouit, remplacée par une tendresse passionnée. Ivre de volupté, Sassy s'arc-bouta contre Mark et lui permit de forcer le barrage des ses lèvres closes. Leurs langues et leurs souffles se mêlèrent avidement.

Il s'écarta, le cœur battant.

– Bon sang! lâcha-t-il en la contemplant, une étrange lueur dans le regard. Pourquoi? Pourquoi a-t-il fallu que ce soit vous, justement vous?

Sassy comprenait très bien le sens de ses paroles. C'était exactement la même chose pour elle. S'il y avait un seul homme sur cette terre dont elle n'aurait pas dû tomber amoureuse, c'était bien lui! Elle leva ses grands yeux sur son visage tourmenté.

Il la souleva de terre et la porta jusqu'à sa chambre, dont il repoussa la porte d'un coup de pied. Après l'avoir déposée sur le lit, Mark posa sur elle un regard interrogateur. Pour toute réponse, elle esquissa un petit sourire. Dans les grands yeux verts, il lut la réponse à sa question.

Ce soir-là, ils s'aimèrent avec passion. Quand leurs deux corps ne firent plus qu'un, Sassy se sentit entraînée dans un vertigineux tourbillon de plaisir qui, après un temps qui lui sembla infini, la déposa, pantelante, au cœur du pays de l'extase, à l'instant même où son compagnon, fou d'amour, laissait échapper un cri triomphal.

8

Roulant sur le côté, Sassy posa un regard ensommeillé sur son réveil. Il était très tôt. Sa chambre était encore emplie de la pâle lumière de l'aube qui précédait le lever du soleil. Elle entreprit de s'étirer, mais s'arrêta soudain en se rappelant ce qui s'était passé la veille au soir. Elle avait sûrement rêvé!

La jeune femme tourna la tête et aperçut ses vêtements jetés en désordre sur une chaise. Les uns après les autres, les délicieux souvenirs de leur étreinte remontaient à la surface de sa conscience. Elle s'assit sur son lit et considéra la porte entrouverte de la salle de bains.

– Mark?

Il n'y eut pas de réponse. Il était parti. Poussant un soupir de soulagement, elle songea qu'elle aurait été incapable de l'affronter maintenant et maudit sa faiblesse de la veille. Où étaient passées ses nobles résolutions? Un instant d'égarement avait suffi à les réduire en fumée. En couchant avec l'ennemi, n'avait-elle pas trahi un peu?

Sans cesser de pester contre elle-même, elle

écarta les couvertures et se rendit à la salle de bains.

– Espèce d'idiote, lança-t-elle à son reflet dans le miroir.

La jeune femme ouvrit en grand les robinets de la douche et, marmonnant toujours, s'aspergea longuement le visage et la nuque avant de se savonner.

En s'essuyant, elle fronça les sourcils devant la glace. Elle n'avait pas la moindre excuse. Elle était la seule responsable. Cela ne se reproduirait pas, songea-t-elle. C'était une simple question de bon sens.

Le téléphone se mit à sonner, mais Sassy, sans lâcher sa serviette, se contenta de refermer d'un coup de pied la porte de la salle de bains. C'était peut-être Mark, et elle n'avait nulle envie de lui parler. Elle étouffa un juron. Quand la sonnerie se tut, elle regagna sa chambre pour s'habiller. Par rafales, les images de ce qui s'était passé la veille lui revenaient en mémoire, soulevant au fond de son cœur des bouffées de trouble successives.

Lorsqu'elle arriva au siège du *Courrier*, Sassy trouva les lieux étrangement silencieux. Mais après tout, il n'y avait rien d'anormal à cela, puisque le journal était paru la veille. En apercevant une pile d'exemplaires dans un coin, elle sourit.

Harry apparut dans l'encadrement de la porte de l'atelier.

– Bonjour, Sassy.

Son ton semblait lugubre.

– Qu'y a-t-il, Harry? Quelque chose ne va pas?

– Je ne sais pas, marmonna-t-il. C'est juste un pressentiment. Tout me paraît beaucoup trop tranquille, on dirait l'œil du cyclone, le calme qui précède la tempête. Je pensais que ces damnés dessins déclencheraient un tollé immédiat, mais nous n'avons pas encore reçu le moindre coup de fil. Notre ami Arnold lui-même ne s'est pas manifesté. Vous avez des nouvelles de Mark ?

Sassy lui tourna à moitié le dos et ôta la housse de sa machine à écrire.

– Mmoui..., fit-elle, rougissante, en y insérant une feuille après s'être assise.

Sentant que Harry l'observait, elle prit son courage à deux mains et affronta son regard.

– Sa réaction ne m'a pas surprise, expliqua-t-elle. Les dessins de Charlie ne lui ont pas plu. Mais alors, pas du tout ! Pour tout dire, il était fou furieux. Pourtant, il aurait dû s'attendre à quelque chose de ce genre, ajouta-t-elle, songeuse. Il connaît ma position depuis le début.

Mal à l'aise, Sassy baissa les yeux sur sa machine et se mit à taper. Presque aussitôt, le téléphone sonna. Harry répondit, puis lui tendit l'appareil avec un sourire allusif.

– C'est... Mark Stewart ? s'enquit-elle d'une voix blanche.

Harry hocha la tête.

– Dites-lui que... que je suis occupée, balbutia-t-elle, la gorge sèche.

– Elle est occupée pour le moment, répéta Harry dans l'appareil. Oui, quelque chose comme ça... Ah bon ? Et vous savez quand ?... Oui, je crois que ça ira. Je vais le lui dire.

Après avoir raccroché, Harry plissa les lèvres en une moue de mauvais augure.

– Qu'est-ce qui se passe?

– Eh bien, votre petit ami...

– Je vous interdis de l'appeler comme ça! cingla Sassy, le feu aux joues.

– Bref, il m'a dit de vous prévenir que quelqu'un a téléphoné à Logan au sujet des dessins de Charlie.

Ce ne pouvait être qu'Arnold, songea-t-elle.

– Il y a autre chose, n'est-ce pas?

– Oui, et ça ne me plaît pas beaucoup. Il dit aussi qu'il y a de fortes chances pour que Logan vous envoie des troupes de choc, histoire de vous mettre en veilleuse. Bref, Mark vous conseille d'être plus prudente à partir de maintenant.

– C'est vraiment incroyable! s'écria-t-elle avec un rire sarcastique. Pendant qu'Arnold magouille tranquillement dans son coin, ils exigent que nous restions un modèle de correction! Ils oublient que les règles sont faites pour tout le monde!

Tim Foley apparut au seuil de l'atelier, un gros paquet brun entre les mains.

– Sassy? Quelqu'un vient de frapper à la porte de derrière. Quand je suis allé ouvrir, j'ai trouvé ce paquet. Il vous est adressé.

La jeune femme s'apprêtait à le prendre quand Harry la retint par le bras.

– Faites attention, c'est peut-être une bombe. Vu le climat actuel, on ne sait jamais. Je vais prévenir Chuck Thornton.

– La police? C'est grotesque! Donnez-moi ça, dit-elle à Tim.

Lorsqu'elle eut le paquet en main, elle le secoua légèrement, puis le flaira en fronçant les sourcils. Après l'avoir flairé une seconde fois, elle fit une moue dégoûtée, secoua la tête et entreprit d'ouvrir le colis, complètement sourde aux protestations effarées de Tim et de Harry. Aussitôt qu'elle eut soulevé le couvercle, elle tressaillit et recula : un putois mort gisait au fond de la boîte, accompagné du mot suivant, écrit en lettres capitales : « Ça sent mauvais pour le *Courrier*. »

– Un cadeau de ce brave Arnold, lâcha-t-elle. Je reconnais même son papier à lettres jaune.

Ses yeux verts étincelaient.

– S'il s'imagine qu'il va m'impressionner! s'écria-t-elle, furieuse. Tenez, Tim, jetez-moi ça dehors, le plus loin possible.

Le vieil imprimeur s'exécuta à contrecœur.

– Écoutez, Sassy...

– Qu'y a-t-il, Harry? Vous n'espérez quand même pas que je vais baisser les bras maintenant! Comment croyez-vous que mon père aurait réagi? Arnold ne me fait pas peur, loin de là! Je peux vous dire qu'il se mordra bientôt les doigts de m'avoir fait un coup pareil!

La jeune femme retira la feuille de sa machine à écrire, la jeta au panier et se leva d'un bond.

– Il va voir ce qu'il va voir! lança-t-elle en attrapant sa veste accrochée au portemanteau. N'essayez pas de me retenir, Harry. Regardez un peu ce qui se passe! Ils sont en train d'essayer de forcer Mme Armstrong à fermer boutique. Et ce matin, on m'a dit que le loyer du magazin de confection de Mme Peters est passé lui aussi à plus de mille dollars. A la place, ils veulent ouvrir une pizzeria! Tous ces gens ont besoin de nous. Et croyez-moi, ce n'est pas un misérable putois qui va me faire peur! Je vais à la poste.

Quand elle fut partie, Harry se retourna vers Tim, qui était revenu entre-temps.

— J'espère qu'il ne lui arrivera rien, dit-il d'une voix sombre. Elle est en train de se fourrer dans un sacré pétrin!

— Tu l'as dit, opina Tim. Le diable lui-même ne lui ferait pas peur.

— C'est bien ce qui m'inquiète.

Le bureau de poste était envahi par la foule de tous les matins. Pourtant, lorsqu'elle y pénétra, Sassy eut l'impression que l'ambiance était plus tendue qu'à l'ordinaire. Dans un coin de la salle, elle aperçut la vieille Mme Nash qui brandissait un doigt menaçant sous le nez d'Arnold Burtis.

Tandis qu'elle ouvrait sa boîte aux lettres, la voix de celui-ci s'éleva juste derrière elle.

— Eh bien, Sassy, remarqua-t-il d'un ton sarcastique, il paraît que les affaires du *Courrier* ne marchent pas très fort? J'ai entendu dire que Halford, votre principal annonceur, vous avait laissé tomber.

Elle fit mine de partir sans lui répondre, mais il la retint par le coude.

— J'ai vu le vieux Herkimer ce matin, poursuivit-il. Il m'a dit qu'il ne passerait plus la moindre publicité dans votre feuille de chou tant que vous continuerez à combattre le projet Logan.

Un frisson glacé parcourut l'échine de la jeune femme. Après Halford, Herkimer était son plus gros client. Jusqu'alors, ils avaient toujours été en bons termes. Elle dégagea son bras et fit face à Burtis.

– Je vois très clair dans votre jeu, Arnold. Vous faites pression sur tous ceux qui ne sont pas dans votre camp. Vous essayez de forcer les petits commerçants à fermer boutique. Prenez garde. Si vous continuez comme ça, mon journal fera tout pour vous empêcher d'être réélu au conseil municipal. Les gens d'ici n'aiment pas la magouille. Et vous n'êtes qu'un magouilleur.

– Moi? fit-il en souriant. Vous n'avez pas les pieds sur terre, ma petite Sassy. C'est comme ça qu'on gagne. D'ailleurs, vous n'allez pas tarder à vous en rendre compte. C'est très simple : plus d'annonceurs, plus de *Courrier*. Cela dit, ajouta-t-il d'un ton mielleux, n'allez pas croire que je cherche à vous nuire. Au contraire, j'envisage même de vous confier l'impression de mes affiches électorales l'année prochaine... A moins, bien entendu, que vous n'ayez fermé votre imprimerie d'ici là.

Il s'interrompit et considéra Sassy d'un œil oblique.

– Il me vient tout à coup une idée, reprit-il, rayonnant. Je pourrais peut-être racheter votre journal, ce qui me permettrait de lire des éditoriaux beaucoup plus agréables.

– Moi vivante, vous n'aurez jamais le *Courrier*! cingla Sassy en partant vers la sortie.

– Hé, attendez, lui lança Burtis. Vendredi prochain, il y aura une réunion extraordinaire du conseil municipal. Tout le gratin de Carmel y sera. Vous devriez venir, histoire de vérifier que la plupart de vos amis sont passés dans notre camp, en particulier grâce aux efforts de votre cher Mark Stewart, qui s'est montré très efficace... Surtout auprès des dames.

Lorsqu'elle quitta le bureau de poste, Sassy était effondrée, même si elle s'efforçait de n'en rien laisser paraître. Les basses méthodes d'Arnold l'écœuraient. Comme elle passait devant le grill du *Fer à Cheval*, Bill Donahue lui fit signe d'entrer. Elle poussa la porte et vint s'asseoir au comptoir. Aussitôt, Bill lui servit une tasse de café.

– Dès que j'ai vu ces dessins, commença-t-il avec un large sourire, j'ai reconnu la patte de ce vieux Charlie Fawcett. Ils sont fantastiques, tout simplement !

Plusieurs écoliers entrèrent et commandèrent des sodas. Sassy termina son café, jeta une pièce sur le comptoir et allait partir quand Bill la rappela.

– Hé, Sassy ! On ne vous paie pas pour nous défendre, alors laissez-moi au moins vous offrir le café, dit-il en lui rendant sa pièce de monnaie.

Après l'avoir remercié, elle sortit. Une fois dehors, elle décida de faire un tour vers la plage avant de rentrer au journal. La jeune femme avait besoin de quelques minutes de solitude pour faire le point et se redonner courage. Face à la mer, elle s'assit sur un gros rocher isolé et posa son courrier à côté d'elle. Fermant les yeux, elle se laissa bercer par le grondement cadencé de l'océan.

124

– Je vous cherchais, Sassy.

Elle rouvrit les paupières et vit Mark, debout devant elle.

– Vous refusez de me parler, vous ne répondez plus au téléphone. Ce qui s'est passé hier soir n'a donc aucune importance pour vous, Sassy?

– Si. Ça m'a permis de prendre conscience de mes faiblesses. A l'avenir, je saurai à quoi m'en tenir.

– Je vois. Vous considérez que le chapitre est clos?

– Absolument. Nous vivons dans des mondes complètement différents, Mark, nous le savions depuis le début. Et ce n'est pas le fait d'avoir passé une nuit ensemble qui y changera quelque chose, répondit-elle d'un ton amer.

– Sassy, vous savez que je tiens à vous. Si vous ne voulez plus me parler, c'est votre droit. Simplement, je voulais vous avertir que Logan nous envoie deux de ses collaborateurs, Potter et Singleton. Quelqu'un lui a fait parvenir un exemplaire de votre journal. Prenez garde, Sassy. Ils n'ont pas l'intention de se laisser marcher sur les pieds une deuxième fois. Ils disposent de moyens redoutables. Et parfaitement légaux. S'ils le veulent, ils sont capables de fonder un autre journal à Carmel pour couler le vôtre. Je vous en prie, reculez pendant qu'il en est encore temps. Si vous vous obstinez, vous allez perdre le *Courrier*. C'est certain. J'ai déjà vu Potter et Singleton à l'œuvre.

Mark, les yeux fixés sur l'eau écumante, se retrancha dans le silence. S'il ne pouvait blâmer la jeune femme de souhaiter préserver le cachet de son petit village, il sentait que sa cause était perdue d'avance. Un jour ou l'autre, Logan finirait par implanter sa résidence-club.

– Il faut me croire, Sassy. La nuit dernière, j'ai compris que j'étais tombé amoureux de vous. Vous trouverez peut-être que je vais un peu vite en besogne, mais c'est la pure vérité. Cette histoire de résidence n'a rien à voir là-dedans. C'est mon boulot de la défendre, comme c'est votre boulot de la combattre, et voilà tout. De toute façon, tout sera décidé bientôt. Qu'adviendra-t-il de nous deux? Je ne veux pas vous perdre, Sassy, ajouta-t-il à mi-voix en lui prenant la main. Je veux vous emmener quand il me faudra quitter Carmel. Marions-nous.

Levant sur lui un regard ému, elle secoua la tête.

– Je sais que vous espérez me forcer à jeter l'éponge, dit-elle en redressant fièrement le menton, mais il n'en est pas question. D'ailleurs, j'ai une foule de choses en tête. Peut-être que tout au fond de moi, je suis moi aussi tombée amoureuse de vous, mais j'espère bien que non, fit-elle en dégageant sa main. Entre nous, ça ne pourrait pas marcher, Mark. Je tiens trop à Carmel. Mes parents se sont battus pour préserver cette ville et j'ai pris leur suite. Je ne changerai jamais. Nous vivons chacun dans des mondes trop différents. Ensemble, nous serions malheureux.

Après l'avoir dévisagé un instant, elle laissa glisser ses yeux mélancoliques sur la surface azurée de l'océan, puis sur un jeune couple qui marchait le long de la plage, pieds nus dans le sable mouillé. Poussant un soupir, elle enfouit ses mains dans les poches de sa jupe en jean.

– Cessons de nous voir, dit-elle. A part, bien sûr, lors des réunions publiques concernant le projet Logan.

Elle consulta sa montre et se leva.

– Il faut que j'y aille. On m'attend à la réunion du Comité de sauvegarde de Carmel qui commence dans vingt-cinq minutes.

Mark la regarda traverser la plage en direction de la rue. Pas une seule fois elle ne se retourna vers lui. Traits impassibles, il resta assis de longues minutes. La jeune femme allait perdre sa bataille, c'était évident. Pourrait-elle le pardonner au point de l'épouser et de le suivre en Arizona, où se déroulerait sa prochaine mission ? Il secoua la tête, accablé d'incertitudes, puis partit à son tour en songeant qu'il avait rendez-vous avec Arnold. Même s'il n'éprouvait pas la moindre sympathie pour lui, son travail l'obligeait souvent à fréquenter ce type de personnage.

Le jeudi, Sassy rédigea un éditorial incendiaire contre les promoteurs, décrivant en détail les pressions subies par les petits commerçants de Carmel. Après avoir lu les quelques feuillets qu'elle lui apporta devant la vieille linotype, Tim leva les yeux sur elle en secouant la tête.

– Vraiment, Sassy, vous m'inquiétez. Vous n'avez pas entendu parler des deux hommes de Logan qui débarquent ici demain soir ? Comment croyez-vous qu'ils vont réagir en lisant cet édito ?

– Tout est strictement exact, rétorqua Sassy en

haussant les épaules. Mme Armstrong, Mme Peters et d'autres... Tenez, Mme Peters a soixante-dix ans et elle tient cette petite boutique depuis trente-huit ans, Tim! Et vous voudriez que je leur permette de la mettre à la rue?

– Bien sûr que non, bougonna Tim. Cela dit, vous ne pouvez pas m'empêcher d'être inquiet.

L'arrivée des hommes de Logan mit la ville en ébullition. Le soir même, une réunion publique fut organisée à la mairie. Derrière le rideau, Arnold scruta avec satisfaction la salle pleine, puis se retourna vers Mark et sourit.

– Elle n'est pas là, annonça-t-il. Elle n'est pas venue! Peut-être qu'elle a peur de perdre la face, peut-être qu'elle n'ose plus se montrer!

– Qui dirige le *Courrier*, ce journal qui ne cesse de nous critiquer? interrogea Wallace Potter, un homme aux cheveux gris impeccablement coiffés.

– Une mégère, fit Arnold avec une grimace. Apparemment, elle n'est pas là ce soir.

En son for intérieur, Mark songea avec inquiétude que Sassy viendrait certainement. Quelle surprise allait-elle réserver aux envoyés de Logan?

– Certaines personnes sont seulement venues pour le spectacle, déclara Arnold avec une pointe de curiosité. J'espère bien qu'elles seront déçues. Pour une fois, j'aimerais bien que la réunion se passe dans le calme. Tant qu'elle n'est pas là, nous sommes tranquilles. Si nous ouvrions la séance? Je vais demander qu'on lève le rideau.

Lorsque ce fut fait, Mark parcourut l'assistance

du regard. En effet, Sassy était invisible. Était-il possible qu'elle ne vienne pas? En se tournant vers Arnold pour écouter son discours de présentation, il poussa un petit soupir de soulagement.

9

LE discours d'Arnold fut aussi long que pom-
peux. Mark eut l'impression qu'il préparait déjà
sa campagne pour les prochaines élections municipales. Ce soir, il cherchait à tout prix à paraître
important. Tandis qu'il terminait non sans bre-
douiller son éloge de Wallace Potter, Mark se
retourna vers le public.

Elle était là.

Entourée d'une vingtaine de personnes dispo-
sées en rangs, Sassy se tenait debout au fond de la
salle. Mark reconnut un certain nombre de
commerçants locaux, quelques-uns assez âgés.

La jeune femme étudia longuement les deux
nouveaux venus. Ils avaient tout à fait la tête de
l'emploi, songea-t-elle. Ils semblaient remar-
quablement sûrs d'eux, comme le sont en général
les hommes d'affaires qui ont réussi. Potter,
l'homme aux cheveux argentés, était plutôt
élancé et arborait un léger bronzage, fruit sans
doute de longues heures de golf. L'autre, plus
râblé, était presque chauve et nettement bedon-
nant. Il ressemblait à s'y méprendre à un ban-
quier de Carmel.

– Et maintenant, conclut Arnold, je voudrais vous présenter M. Wallace Potter, le représentant de la société Logan.

L'homme aux cheveux gris se leva et s'avança au centre de la scène pour faire une description détaillée du projet de résidence-club, lâchant de temps à autre un mot d'esprit pour se gagner la sympathie de l'auditoire. Il parlait bien, songea Mark en glissant un coup d'œil sur Sassy, toujours immobile et silencieuse.

La jeune femme n'interrompit pas davantage le discours de Grant Singleton, l'expert financier, qui succéda à Potter pour mettre l'accent sur les bénéfices fiscaux et commerciaux que les gens de Carmel ne manqueraient pas de retirer du projet Logan.

– Je puis vous assurer, conclut-il avec un large sourire, qu'il vous faudra agrandir vos boutiques et engager du personnel supplémentaire pour faire face à l'augmentation de la clientèle lorsque Carmel sera devenue un grand pôle d'attraction touristique.

Lorsqu'il se rassit, les applaudissements crépitèrent. Peu à peu, le silence retomba et Mark vit avec inquiétude Sassy s'avancer lentement dans l'allée, suivie à quelques pas par le groupe qui l'accompagnait et se disposa en demi-cercle derrière elle, juste devant la scène.

– Sassy Dale, lâcha brusquement Arnold, personne ne vous a accordé la parole. Veuillez vous rasseoir pour attendre votre tour!

Elle ne parut pas l'avoir entendu. Imperturbable, elle prit le rouleau de papier que lui tendait une amie du Comité de sauvegarde.

– Messieurs, vous qui représentez les rési-dences-club Logan, j'aimerais vous expliquer pourquoi il vous sera malheureusement impos-sible d'implanter votre projet à Carmel, déclara-t-elle avec un calme parfait.

– Asseyez-vous, Sassy! tonna Arnold, visible-ment inquiet. Asseyez-vous immédiatement, ou je... j'appelle Chuck Thornton pour lui demander de vous expulser de la salle!

– Ça tombe bien, dit Sassy en souriant, il est justement avec moi.

Elle s'écarta d'un pas et le chef de la police locale apparut juste derrière elle, un sourire embarrassé aux lèvres.

– Chuck a décidé de nous accompagner, expli-qua Sassy d'une voix douce, entre autres parce qu'il aimerait poser quelques questions au sujet d'un cadavre de putois retrouvé dans une boîte en carton couverte d'empreintes digitales.

Il y eut un lourd silence.

– Puis-je continuer?

Nouveau silence.

– En 1929, poursuivit-elle d'une voix ferme, le feu aux joues, une loi fut votée qui interdisait la construction d'immeubles à Carmel, au nom de la préservation du caractère résidentiel de notre petite ville. Cette loi est toujours en vigueur.

– Ne l'écoutez pas! interrompit Arnold en se tournant vers les envoyés de Logan. C'est à cause d'une poignée de gens comme elle que nous n'avons ni feux de circulation, ni parcmètres, ni éclairage public hors du centre! Vous rendez-vous compte que nous sommes tous obligés d'aller chercher notre courrier au bureau de poste? Nous ne sommes plus au dix-neuvième siècle, sapristi!

Sans se laisser démonter, Sassy continua tranquillement son exposé juridique, sous l'œil discrètement admiratif de Mark. Celui-ci, pourtant, ne se faisait aucune illusion sur ses chances de succès. Potter et Singleton étaient d'une tout autre trempe qu'Arnold Burtis.

— Voulez-vous que Carmel devienne, comme tant d'autres, une station balnéaire bardée de plastique et de néons? lança-t-elle en se tournant vers la foule. Vous voulez être envahis de touristes affamés de hamburgers?

Un énorme brouhaha emplit la salle. Visiblement, les avis étaient partagés.

Sassy se retourna vers la scène et planta son regard dans celui de Mark.

— Monsieur Stewart, reprit-elle d'une voix tranchante, vous m'avez montré le site choisi pour votre projet. Si vous pensez vraiment que votre résidence ne va pas défigurer cette côte extraordinaire, c'est que vous n'avez pas les pieds sur terre. Malheureusement, quand vous vous rendrez compte de votre erreur, il sera trop tard pour revenir en arrière. Voilà pourquoi nous vous disons non, monsieur Stewart! Non, monsieur Potter! Et encore non, monsieur Singleton!

Sur un signe de tête de Sassy, tous ceux qui l'accompagnaient brandirent les pancartes marquées « NON! » qu'ils tenaient cachées derrière leur dos. Il n'en fallut pas plus pour créer un chahut considérable d'un bout à l'autre de la salle.

On applaudissait, on sifflait, on hurlait, on se cha-
maillait. Finalement, Chuck Thornton monta sur
scène et frappa sur la table avec sa matraque
jusqu'à ce qu'un semblant de calme soit revenu.

– Allons, mes amis, ça suffit! lança-t-il. Tout le
monde se calme! Chacun a le droit de donner son
avis, pas vrai? Et maintenant, je propose que nous
rentrions tous chez nous. Je vous rappelle qu'il y
aura encore une réunion, qui sera suivie d'un vote
une semaine plus tard. Ça ne sert à rien de crier
et de s'insulter. D'ici là, mieux vaut que chacun
réfléchisse tranquillement au problème pour pouvoir voter en son âme et conscience.

Les murmures s'apaisèrent et la foule
commença d'évacuer la salle. En voyant sortir
Sassy, toujours accompagnée de sa troupe, Mark
eut un pincement au cœur. Avant de disparaître,
celle-ci ne put résister à l'envie de se retourner
vers la scène, mais Mark, de nouveau accaparé
par Arnold, ne l'aperçut pas.

Le lendemain matin, Sassy tapait à la machine
quand un râclement de gorge insistant de Harry
lui fit lever la tête. Suivant la direction de son
regard, elle se tourna vers la fenêtre et haussa les
sourcils en apercevant Mark et Potter qui arrivaient vers le siège du *Courrier*. Aussitôt sur la
défensive, elle se raidit. Venaient-ils pour la
menacer?

Dès qu'ils eurent franchi le seuil du bureau, elle
se leva pour les accueillir.

– Puis-je faire quelque chose pour vous?
demanda-t-elle sans trahir la moindre émotion.

– Madame Dale, je vous présente Wallace Potter, fit Mark.

– Je vous reconnais, monsieur Potter. Bonjour.

– Voici Harry Dunbar, continua Mark. L'adjoint de Mme Dale.

Potter et Harry échangèrent un signe de tête.

– J'espérais bien vous trouver ici, madame Dale, fit Potter, souriant, en jetant sur la pièce un regard circulaire. Quel intéressant décor! On se croirait revenu dans le passé.

– Je vous remercie, murmura Sassy. J'imagine que vous souhaitez me parler. Si ça ne vous dérange pas, nous le ferons ici, car je n'ai pas de bureau particulier.

Sur ce, elle fit signe à Harry d'aller rejoindre Tim à l'atelier. Elle ne voulait pas que son vieux collaborateur ait à supporter les conséquences de son combat. Il hésita, mais comme elle insistait, il partit d'un pas traînant.

– Si vous voulez vous asseoir, monsieur Potter, fit Sassy en lui indiquant le fauteuil de Harry. Prenez ce tabouret, monsieur Stewart. Eh bien, messieurs, ajouta-t-elle quand ils furent installés, je vous écoute.

– Nous souhaitons vous faire une offre, madame Dale, expliqua courtoisement Potter. A vrai dire, c'est même une offre difficilement refusable.

Sassy sentit son cœur se serrer.

– J'ai toujours eu un profond intérêt pour les petits journaux locaux, et je trouve le vôtre particulièrement charmant. Je suis prêt à vous en donner un excellent prix.

Il y eut un silence tendu. Mark gardait les yeux fixés sur Sassy.

— Le *Courrier* n'est pas à vendre, répondit-elle avec un sourire forcé.

— Notre projet immobilier, me semble-t-il, rencontre à Carmel une certaine opposition, repartit Potter, toujours aimable. C'est vous qui êtes à la tête de cette opposition, si je ne m'abuse. Certaines personnes ont manifesté leur réprobation envers votre attitude en cessant de passer leurs annonces publicitaires dans votre journal.

— Ce sont des choses qui arrivent de temps en temps, répliqua-t-elle sèchement, surtout quand des promoteurs font pression sur eux. Mais ça ne dure jamais... Je suis désolée, monsieur Potter, mais le *Courrier* n'est pas à vendre.

— Il me semble qu'à moins de disposer de fonds illimités, insista Potter d'un ton incisif, un journal a besoin d'un certain volume de recettes publicitaires pour survivre.

— Comme je vous l'ai déjà dit, monsieur Potter, ce n'est pas la première fois qu'un annonceur me retire sa publicité. Heureusement, il finit toujours par revenir. Toujours!

— Et s'il ne revenait pas? Combien de semaines pouvez-vous tenir? Deux semaines, un mois? Combien de temps arriverez-vous encore à payer Harry Dunbar? Et Tim Foley?... Madame Dale, ajouta-t-il d'une voix plus cassante, nous avons déjà investi des sommes d'argent considérables dans ce projet. C'est pourquoi nous sommes disposés à vous offrir un bon prix pour le *Courrier*. Je vous suggère d'y réfléchir... Il faut voir la réalité en face, madame Dale. A quoi bon vous obstiner? Vous savez très bien que vous n'avez pas les moyens de tenir longtemps.

La jeune femme resta de marbre.

— Depuis toujours, répondit-elle fermement, ce journal appartient à ma famille. Il fait partie de l'histoire de Carmel. Moi vivante, il continuera à paraître.

— Si je ne m'abuse, vous êtes veuve et sans enfants. Il n'y a donc personne pour prendre votre succession. Pourquoi ne le vendez-vous pas tant qu'il y a encore une chance de le sauver? Nous en ferions un journal moderne, tourné vers le Carmel de demain, peut-être même un quotidien.

Les nerfs à fleur de peau, Sassy se leva.

— Je vous remercie de votre offre, monsieur Potter, mais elle ne m'intéresse pas. Je crois que nous n'avons plus rien à nous dire.

Mark réalisa qu'il ne restait plus qu'à partir. Potter, visiblement mécontent, se leva à contrecœur et salua la jeune femme de la tête.

— J'espère que vous n'aurez pas à le regretter, madame Dale, lâcha-t-il en partant.

Sassy se garda bien de répondre. Avant de disparaître, Mark se retourna vers elle pour lui décocher un regard chargé d'angoisse. Non sans une certaine fierté, elle suivit des yeux les deux hommes qui s'éloignaient. Elle était toujours immobile lorsque Harry revint dans le bureau.

— J'ai tout entendu, fit-il d'un air sombre.

— Avec la porte entrouverte et la linotype au repos, ça ne m'étonne qu'à moitié, répondit Sassy en se retournant vers lui. Alors?

– A vrai dire, je ne m'attendais pas à ce que vous réagissiez autrement. Malheureusement, il a raison sur un point : on ne tiendra pas longtemps sans rentrées publicitaires.

– Vous avez envie de travailler pour le *Courrier de Logan-ville*? demanda-t-elle avec une moue dégoûtée.

– Vous croyez qu'ils veulent vraiment acheter le journal?

– Nous acheter, nous faire peur, nous couler, peu importe, répondit-elle en fourrant les mains dans ses poches pour cacher leur tremblement. Ce qu'ils veulent, c'est me réduire au silence. Ne venez plus me parler de la liberté de la presse!

– En tout cas, chef, déclara Harry en lui adressant une tape sur l'épaule, vous pouvez compter sur Tim et moi pour vous aider à faire tourner le *Courrier* quoi qu'il arrive!

Sassy sembla réfléchir un instant.

– Peut-être arriverons-nous à tenir, dit-elle enfin. S'ils n'inventent pas autre chose...

Quand Sassy revint du bistrot où elle était allée déjeuner, Palmer Jennings bondit de sa voiture arrêtée pour la rejoindre.

– Je venais justement vous voir, déclara-t-il précipitamment. Ce mois-ci, nous n'avons encore rien prévu. Au fait, j'ai entendu dire que ça ne va pas très fort avec vos annonceurs. Quand tout va bien, le *Courrier* a déjà du mal à garder des comptes équilibrés. J'espère que nous n'allons pas avoir trop d'ennuis.

Sassy se maudit encore une fois intérieurement

d'avoir confié la comptabilité de son journal au cabinet de Palmer.

– Je l'espère. Vous savez, tout ça vient de ce projet de résidence. Les choses finiront par s'arranger.

En s'effaçant pour la laisser pénétrer dans le bureau, il pinça les lèvres et secoua la tête.

– Je n'aime pas beaucoup vous voir mêlée à toutes ces histoires, ma chère Sassy. Il me semble que ces gens-là ne s'embarrassent pas de scrupules. Écoutez, dit-il en l'enlaçant furtivement après s'être assuré que la pièce était vide, je crois que vous devriez renoncer. Même si vous gagnez cette fois-ci, d'autres promoteurs viendront. C'est une cause perdue, Sassy. Épousez-moi. Je ne demande qu'à vous tirer de vos ennuis. Si vous voulez bien, je vais vous montrer la maison dont je vous ai parlé, vous savez, celle qui est tout près de chez mes parents. D'ailleurs, ils n'arrêtent pas de me demander quand nous nous marions. Ils pensent tellement de bien de vous!

Un petit bruit fit sursauter Palmer. Par-dessus l'épaule de la jeune femme, il aperçut Mark sur le seuil de l'atelier et, rouge de confusion, laissa retomber ses bras. Sassy se retourna vivement pour faire face au nouveau venu.

– Je voudrais vous parler, murmura Mark.

Il avait certainement entendu Palmer, car la linotype ne tournait pas.

– Désolée, dit-elle en lui jetant un regard glacial, mais je suis occupée.

Mark soutint quelques instants son regard, puis hocha lentement la tête.

– Moi aussi, je suis désolé, murmura-t-il avant de s'en aller.

Palmer le suivit des yeux, stupéfait.

– Quelle froideur, Sassy! Qui est cet homme? interrogea-t-il, une lueur soupçonneuse dans le regard. Serait-ce l'un d' « eux »?

– Oui, Palmer, c'est l'un d'eux. Et maintenant, si vous alliez vous occuper de mes comptes? J'ai un tas de choses à faire cet après-midi.

– D'accord, approuva-t-il en tentant de nouveau de l'enlacer.

– Non, Palmer, fit Sassy, se dérobant. N'oubliez pas que nous sommes dans mon bureau.

Lorsqu'elle lui eut confié tous les reçus et factures nécessaires, il s'en fut non sans l'avoir gratifiée d'un baiser sur la joue. Sassy rejoignit dans l'atelier Harry et Tim, qui prenaient un café.

– Une petite tasse? proposa Tim.

Poings sur les hanches, elle toisa les deux hommes.

– Et maintenant, vous allez me dire ce que Mark Stewart fichait ici, dans l'atelier! Vous savez parfaitement que je ne veux pas le voir dans les parages! Je vous écoute.

Très calme, Harry leva les yeux sur elle.

– Il est entré il y a quelques minutes, disant qu'il voulait vous parler, mais vous n'étiez pas là. Je lui ai répondu que vous n'alliez pas tarder, et il a décidé de vous attendre à l'atelier. On lui a offert une tasse de café. On ne pouvait tout de même pas le mettre à la porte.

– Ça va, ça va, lâcha Sassy en tournant les talons. Mais que ça ne se reproduise pas!

Quand elle fut repartie dans le bureau, Harry décocha un clin d'œil à Tim en souriant.

En feuilletant son courrier, la jeune femme n'y trouva rien de réjouissant. Deux autres annonceurs, heureusement peu importants, venaient de couper les ponts. Trois lecteurs annulaient leur abonnement, dont l'éternelle Mme Baxter.

Ce soir-là, en rentrant chez elle, elle mit au four une barquette surgelée et alla s'installer devant la télévision.

Elle se sentait abattue. Cette fois, les choses semblaient tourner mal. La jeune femme et ses alliés avaient affaire à une organisation extrêmement puissante. Elle en était à ce point de ses pensées lorsque la sonnette de l'entrée retentit. Elle fronça les sourcils. Sa mère, ce soir, jouait au bridge. Sans doute la réunion de son cercle avait-elle était reportée, songea-t-elle en s'extirpant du canapé.

A peine eut-elle entrebâillé la porte que son cœur fit un bond. Sans lui laisser le temps de réagir, Mark posa la main sur la poignée et entra.

— Et maintenant, déclara-t-il avec détermination, nous allons parler.

— Vous ne manquez pas de culot! protesta-t-elle. Vous savez très bien que...

Il ferma la porte et se retourna vers elle.

— Je n'avais pas le choix. Au cas où vous l'auriez oublié, vous m'avez mis à la porte de votre bureau.

— Et maintenant, je vous demande de sortir de ma maison!

— Sassy..., fit-il en lui prenant la main, qu'elle

141

retira aussitôt. Sassy, il faut que vous m'écoutiez. J'ai un plan pour...

— Un plan? Vous autres promoteurs, vous avez toujours des plans à revendre! Votre ami Potter m'en a proposé un autre pas plus tard qu'aujourd'hui! Vous envoie-t-il pour essayer de me convaincre de vendre? Je sais très bien que le *Courrier* ne l'intéresse pas. Tout ce qu'il veut, c'est se débarrasser de moi.

— Vendez-lui votre journal, Sassy, murmura Mark, sans la quitter des yeux, en lui prenant délicatement l'avant-bras.

Un chagrin fulgurant s'empara de la jeune femme. Les merveilleux moments de tendresse qu'ils avaient partagé, la nuit d'amour qu'ils avaient passée ensemble, tout cela n'était donc que supercherie, manœuvre destinée à la rallier à la cause de Logan!

— Allez-vous-en, lâcha-t-elle. Je n'ai rien à dire au porte-parole de la société Logan. C'est bien ce que vous êtes, n'est-ce pas?

Exaspéré, Mark la saisit rudement par les épaules.

— Ça suffit, Sassy! Je ne représente que moi-même! Si je suis venu à votre bureau, c'est parce qu'il fallait que je vous parle. Ce soir, c'est la même chose. Je veux que vous m'écoutiez!

Il marqua une brève pause pour reprendre son calme.

— Je comprends votre colère, Sassy. Vous m'en voulez de travailler pour Logan. Je vous en prie, écoutez seulement ce que j'ai à vous dire. Ensuite, si vous me le demandez, je partirai.

Comme elle ne disait rien, il se décida à poursuivre.

— Avant tout, il faut que je vous demande quelque chose, reprit-il d'une voix brisée par l'angoisse. J'ai besoin d'en avoir le cœur net... Au bureau, j'ai entendu ce que vous disait cet homme. Vous avez l'intention de l'épouser?

Elle hésita, un instant tentée de répondre par l'affirmative ou de protester que cela ne le regardait pas.

— Non, finit-elle par répondre.

Il inspira profondément.

— Vendez le *Courrier* à Potter, Sassy, dit-il sans lui lâcher les épaules. De toute façon, vous n'avez aucune chance de gagner. Pour lui, c'est devenu une affaire personnelle. Vous avez osé vous mettre en travers de son chemin, et il...

— Je n'aime pas me répéter, riposta-t-elle en tentant de contrôler sa voix. Je ne vendrai pas. Potter peut faire tout ce qu'il voudra, il n'aura pas le *Courrier*. Vous pouvez le lui dire!

Frémissante de colère, elle se mordit la lèvre, puis posa sur Mark un regard plein d'une amère ironie.

— Vous n'êtes pas celui que je croyais, lâcha-t-elle. Vous devriez avoir honte d'utiliser de tels moyens pour me pousser à faire ce dont je ne veux pas et dont je ne voudrai jamais!

Pendant un long instant, il la dévisagea intensément.

— Je voulais vous demander autre chose, Sassy... Mais j'ai le sentiment que ce n'est pas le moment.

– De toute façon, vous en avez déjà assez dit. Trop, même. Bonsoir, monsieur Stewart.

Il posa la main sur la poignée, puis se retourna.

– Il n'est pas encore trop tard pour changer d'avis. Faites très attention, Sassy, Potter n'aime pas perdre et il est mauvais joueur. Vous devriez laisser tomber.

Comme elle ne répondait pas, il ouvrit la porte. Bras croisés sur la poitrine, elle fixait sur lui un regard brillant de colère. Vaincu, il secoua la tête, lui tourna le dos et s'en fut.

10

LE lendemain matin, Sassy était en retard. Après avoir avalé une tasse de café, elle attrapa sa veste et courut à sa voiture, tout en réfléchissant à un moyen de trouver de nouvelles recettes publicitaires pour le *Courrier*. Dans d'autres journaux, elle avait déjà lu des sortes de mini-guides du commerce local, où l'on mettait l'accent, pour chaque boutique passée en revue, sur ses offres et promotions de la semaine.

En s'approchant de sa vieille voiture, comme la jeune femme allait sortir les clés de sa poche, elle s'arrêta net, pétrifiée. Ses quatre pneus étaient à plat. Elle fit lentement le tour de sa voiture pour les inspecter de plus près, et dut se rendre à l'évidence : quelqu'un les avait crevés. Serrant les poings, elle sentit une sourde colère monter en elle et étouffa un juron. Une nouvelle fois, Sassy tourna autour de la voiture. Qui pouvait avoir fait une chose pareille ? Arnold ? Un acolyte de Potter ? Mark ?

Elle secoua la tête. Mark était incapable de commettre un acte aussi ignoble. Mais alors, qui était-ce ?

Déterminée, elle rentra chez elle et téléphona à Chuck Thornton, le chef de la police, puis alla l'attendre sur le perron. Après avoir examiné les pneus, le gros homme se redressa lentement en se grattant le cuir chevelu.

— Ces histoires-là ne sont jamais faciles à démêler, Sassy. On a quelquefois des problèmes de vandalisme, généralement plusieurs dans la même nuit. Cela dit, on n'a pas eu d'autre plainte aujourd'hui... Le type qui a fait ça s'est appliqué. Vos pneus sont complètement fichus. Si ce n'est pas l'œuvre d'une bande de voyous, il se pourrait que cette affaire ait un rapport avec le projet de résidence.

— Possible. J'ai déjà reçu des lettres d'injures, mais cette fois, c'est plus sérieux.

— Que pensez-vous des hommes de Logan, Sassy ? interrogea le chef de la police en plissant les yeux. Vous les connaissez mieux que moi. Vous croyez qu'ils sont capables d'un truc pareil ?

— Je ne sais pas. J'ai du mal à l'envisager, mais... Cela dit, je pense à quelqu'un d'autre, que je connais beaucoup mieux. Sans vouloir le nommer, je...

— Arnold Burtis, pas vrai ? Son nom m'est tout de suite venu à l'esprit, mais il y a un hic : juste après la réunion d'hier soir, Arnold est parti à San Francisco pour le mariage d'un de ses amis... Évidemment, ajouta le flic en fronçant les sourcils, il aurait pu confier la besogne à un complice. Cela dit, tout ça ne sera pas facile à démêler. Avec cette histoire de projet immobilier, tout le monde est sur les nerfs à Carmel. N'importe qui aurait pu faire ça.

Il tira son calepin et prit quelques notes, puis considéra la jeune femme.

— Si vous voulez, dit-il, je peux vous dépanner jusqu'au garage. Comme ça, non seulement vous ferez changer vos pneux, mais le mécano pourra vérifier si rien d'autre n'a été saboté.

Ce qui fut dit fut fait. Une demi-heure plus tard, le chef de la police raccompagna Sassy jusqu'à son bureau.

— Des ennuis, Sassy? interrogea Harry, qui venait de la voir sortir d'une voiture blanche et noire.

— Si on veut. Cette nuit, quelqu'un a crevé mes quatre pneus.

— C'est ignoble! gronda-t-il. Chuck a des indices?

— Non. C'est difficile de savoir. Ils ont sûrement fait ça en pleine nuit, quand il n'y avait plus un chat dans les rues.

Un voile d'inquiétude passa dans les yeux de Harry.

— Sassy, vous devriez aller passer quelque temps chez votre mère, au moins jusqu'à ce que les esprits se soient calmés. Quand je pense que vous habitez seule!

— C'est inutile, fit la jeune femme en ôtant la housse de sa machine, ne vous inquiétez pas. Je ne crains rien.

— Vous croyez que ce sont... eux?

— Les hommes de Logan, vous voulez dire? Je me le suis demandé. Cela dit, ça pourrait aussi être l'œuvre d'un membre de la bande d'Arnold.

Un instant songeuse, elle reprit ses esprits et s'assit devant sa machine.

– Vous savez, Harry, il est très probable que ma voiture ait été victime de petits voyous.

– Pour être franc, je me sentirais sacrément soulagé si vous aviez raison, lâcha Harry avant de partir à l'atelier.

Le dimanche après-midi, le téléphone sonna trois fois. Les deux premières fois, son mystérieux interlocuteur resta muet à l'autre bout de la ligne. Elle n'entendait que son souffle inquiétant. La troisième, en fin d'après-midi, une voix camouflée s'éleva en grésillant :

– Attention, Sassy Dale! Il pourrait bien vous arriver quelque chose!

Après avoir raccroché, elle contempla longuement l'appareil. Malgré ce qu'elle avait prétendu à Harry, elle commençait à avoir peur. La voix, semblait-il, lui était inconnue.

Plus tard dans la soirée, on sonna à la porte. Sans réfléchir, elle alla ouvrir. Mark entra en coup de vent, referma la porte et s'y adossa en la regardant dans les yeux.

– Il fallait que je revienne, Sassy, ça ne peut plus continuer comme ça. J'ai besoin de mettre les choses au point. Maintenant.

Impassible, elle le fixait en silence.

– Vous n'avez pas voulu me laisser parler vendredi, il faudra donc que vous m'écoutiez ce soir. En plus, je viens d'apprendre pour vos pneus, et je ne veux pas que vous pensiez que...

– Je ne sais pas qui a crevé mes pneus, répondit Sassy sans baisser les yeux, mais je sais pertinemment qui a dissuadé mes annonceurs de passer leur publicité dans le *Courrier*. En un sens, c'est un peu la même chose. On cherche à me paralyser.

– En tout cas, fit Mark pour ce qui est de vos annonceurs, je vous avais prévenue.

– C'est vrai. Vous deviez déjà connaître les méthodes un peu particulières de la société Logan. Je crois, ajouta-t-elle d'une voix neutre, que nous n'avons plus rien à nous dire. Je vous prie donc de sortir.

Mark hésita. Il n'avait pas encore dit ce qu'il était venu dire. Soudain, avant qu'elle n'ait eu le temps d'esquisser un geste, il l'enlaça. Furieuse, Sassy tenta en vain de se débattre. Une violente chaleur s'empara de son cœur palpitant.

– Je vous en prie, Sassy, écoutez-moi..., souffla Mark d'une voix rauque.

Fou de désir, incapable de parler davantage, il se pencha sur elle et l'embrassa tendrement. Pendant quelques secondes, Sassy chercha frénétiquement à se dérober, mais le torrent de lave en fusion qui coulait dans ses veines eut tôt fait de submerger sa colère sous une vague de passion. Ses muscles se relâchèrent peu à peu, ses lèvres s'entrouvrirent pour mieux goûter aux lèvres de Mark.

Quand il la sentit détendue sous ses mains, Mark releva la tête et la dévisagea avec amour.

– Sassy... Je suis venu pour vous demander de m'épouser. Je vous aime. Je ne peux plus supporter que nous nous battions à cause de ce projet. Faisons la paix, Sassy.

La jeune femme garda le silence jusqu'à ce que son pouls se soit calmé, puis leva les yeux sur lui.

– Vous êtes prêt à renoncer à la résidence-club?

– Sassy... Vous savez très bien que...

– Oui, je sais, coupa-t-elle d'une voix mélancolique. Vous faites partie de la société Logan. C'est bien ça?

– Mais, Sassy...

– C'est bien ça, conclut-elle en haussant les épaules. Nous sommes ennemis et nous allons le rester. Quand je dis que je ne veux plus vous voir, je le pense vraiment. Je ne vous recevrai plus ni à mon bureau ni chez moi.

En prononçant ces paroles, elle avait le cœur horriblement serré et crut un instant qu'elle allait défaillir. Mais il lui fallait avant tout sauver Carmel. Sans desserrer son étreinte, il plaqua sa joue contre la flamboyante chevelure de la jeune femme.

– Si je vous dis que je vous aime, murmura-t-il, si je vous dis que je voudrais que vous soyez ma femme, cela ne signifie rien pour vous?

Il y eut un court silence.

– Si, Mark. Mais je crois que vous espérez me voir perdre le *Courrier*. Comme ça, une fois sur la touche, je ne serai plus l'adversaire de personne. Vous vous imaginez que ça simplifiera grandement nos rapports personnels, n'est-ce pas?

Elle fouilla son regard pour y trouver la réponse, mais il garda le silence.

– Il n'est pas question que je renonce à mon journal, reprit-elle. Voilà pourquoi vous et moi, nous ne pourrons jamais nous entendre. A chacun sa voie.

Il se pencha sur elle et l'embrassa légèrement sur les lèvres.

— Bonsoir, Sassy, et à bientôt. Je vous ai déjà dit que je n'abandonnais pas facilement.

Lorsqu'il fut parti, les yeux de la jeune femme s'emplirent de larmes.

Le lundi matin, en arrivant au siège du journal, elle reconnut le vitrier qui s'affairait sur la grande fenêtre du bureau. Harry était avec lui.

— On espérait avoir terminé ça avant que vous n'arriviez, Sassy, lui lança celui-ci. Ce matin, en arrivant, je l'ai trouvée cassée. Je ne voulais pas vous inquiéter, mais c'est raté.

Ils entrèrent, et Harry montra à Sassy une grosse brique qui gisait à même le sol au milieu des éclats de verre.

— Voilà l'arme du crime. Nous avons tous notre petite idée sur le ou les coupables, mais ça va être dur de prouver quoi que ce soit.

— De toute façon, soupira Sassy, nous n'allons pas nous laisser impressionner par ces enfantillages. Nous avons un journal à publier, Harry. Mettons-nous au travail, c'est la meilleure façon de montrer que nous n'avons pas l'intention de jeter l'éponge. Allons-y, mon vieux! lança-t-elle avec un sourire d'encouragement. On va leur montrer ce qu'on sait faire!

Plus tard dans l'après-midi, accoudée à sa machine à écrire, Sassy tentait désespérément de chasser Mark de ses pensées. Pourtant, dans la situation présente, le moment était mal choisi pour se languir en raison d'un amour impossible. Chuck Thornton lui avait assuré qu'il mettrait tout en œuvre pour retrouver le ou les vandales. Elle lui faisait confiance, même s'il disposait de bien faibles moyens pour y parvenir. Ouvrant un tiroir, elle se mit en quête de vieilles notes qu'elle avait accumulées au fil des mois, voire des années, sans avoir jamais eu l'occasion de les publier. Le téléphone sonna, Harry répondit.

– Décidément, les rats quittent le navire, déclara-t-il après avoir raccroché. Croyez-le ou non, mais Dick McCabe vient de nous retirer sa publicité pour le *Lancers*. Il a cherché à s'excuser en m'expliquant que les hommes de Logan avaient décidé d'établir leur quartier général dans son restaurant jusqu'à la fin des travaux de la résidence, et qu'il ne pouvait pas se permettre d'être mal vu d'eux.

– Tant pis, lâcha-t-elle d'un air sombre. On en a vu d'autres. S'ils espèrent nous démoraliser, ils se fourrent le doigt dans l'œil.

– Vous avez peut-être raison, mais n'oubliez pas qu'ils ont l'argent pour eux. Et ça, c'est important. Sur ce plan-là, on ne fait pas le poids, ajouta-t-il en frappant nerveusement sur la table avec sa règle. Bon sang, quand je pense qu'on n'a pas la moindre pub à mettre en page 3! Si ça continue comme ça, il ne va pas falloir que je tarde à penser à ma reconversion!

Il fit une pause pour se masser la nuque. Sassy retira la page qu'elle venait de glisser dans sa machine et la jeta dans la corbeille.

– Sérieusement, Sassy, il faut voir les choses en

152

face. Parti comme c'est parti, on n'a pratiquement aucune chance de gagner. Et pourtant, Dieu sait qu'on a essayé...

— Pas question de renoncer, Harry, répliqua-t-elle avec un regard de défi. Je n'ai pas dit mon dernier mot. Rien que ce matin, une bonne demi-douzaine de personnes m'ont arrêtée dans la rue pour me supplier de continuer la lutte.

Tim passa la tête par la porte de l'atelier.

— J'ai bouclé tout ce que j'avais à faire, dit-il. Vous avez quelque chose d'autre à me donner aujourd'hui?

— Non, vous pouvez rentrer. Il faut que je farfouille dans mes archives pour trouver quelque chose à publier. Vous pourrez l'imprimer demain matin. Vous aussi, Harry. Il est presque six heures. Moi, je vais rester encore un peu. Peut-être qu'on viendra m'annoncer un mariage ou je ne sais quoi. Chuck Thornton est passé tout à l'heure pour me remettre son rapport de police hebdomadaire. Il va falloir faire feu de tout bois pour remplir les blancs de l'édition de cette semaine.

Harry hésita, puis se dirigea d'un pas traînant vers la porte.

— D'accord, je rentre, fit-il. De toute façon, je ne vois pas très bien ce que je pourrais faire de plus ce soir. N'oubliez pas de fermer le verrou, devant et derrière. Par les temps qui courent, on ne sait jamais.

— C'est vrai, acquiesça-t-elle. A demain, Harry.

Jambes étendues sur son bureau, la jeune femme se cala dans son fauteuil pivotant pour

153

relire un paquet de vieilles notes. Vers huit heures, elle décida d'aller manger un hamburger chez Bill Donahue. N'ayant pas trouvé grand-chose à publier, elle espérait vaguement qu'il aurait quelque potin à lui raconter.

Après s'être recoiffée, la jeune femme traversa la rue et alla s'asseoir au comptoir du gril. Voyant sa mine soucieuse, Bill évita soigneusement de faire allusion au sujet qui les préoccupait tous deux en prenant sa commande. A dire vrai, ils échangèrent à peine quelques mots sans consé-quences. Pendant tout le dîner, Sassy ne leva pas les yeux de son assiette. Elle mangea lentement, mécaniquement, sans appétit. Bill la comprenait. Lui non plus, ce soir-là, n'avait pas pu avaler grand-chose. La situation prenait mauvaise tour-nure.

De retour à son bureau, elle tenta d'organiser des articles, rédigea une fiche de cuisine puis, par amusement, inventa de toutes pièces une rubrique dans le plus pur style du Courrier du cœur.

Le vent sifflait dans les rues quasiment désertes, s'insinuant par les fentes des antiques fenêtres du journal. Elle crut entendre frapper à la porte de devant, mais quand elle alla voir, il n'y avait personne. En se rasseyant, elle jeta un coup d'œil à la pendule murale. Onze heures passées. Elle s'étira. Il ne lui restait plus qu'à recopier un entrefilet, puis à le déposer devant la linotype, et elle pourrait rentrer se coucher. Ivre de fatigue, elle ferma un instant les yeux et respira profondé-ment. Aussitôt, elle rouvrit les paupières. Une odeur imperceptible flottait dans la pièce. Elle respira de nouveau. Une odeur de brûlé!

Elle se leva d'un bond, huma l'air à deux ou trois reprises, puis partit à grands pas vers l'atelier, où elle fit aussitôt la lumière. Folle d'angoisse, elle se précipita sur la vieille linotype, mais tout semblait normal. Elle promena ses yeux autour de la pièce. Soudain, elle aperçut une longue volute de fumée noire qui montait du bas de la porte de l'entrepôt. Un incendie! songea-t-elle, la gorge sèche. Elle courut jusqu'à la porte, posa la main sur la poignée brûlante et l'ouvrit en grand. Aussitôt, un énorme nuage de fumée l'enveloppa tout entière. A l'intérieur de l'entrepôt, l'appel d'air provoqué par l'ouverture de la porte tripla la hauteur des flammes qui léchaient les monceaux de papier empilés. Aveuglée, suffoquée, Sassy battit en retraite devant l'incendie qui envahit l'atelier en quelques secondes, après avoir tenté en vain de repousser la porte de l'entrepôt, bloquée par les piles de journaux qui venaient de s'affaisser sur le seuil. Bientôt, des flammes immenses vinrent lécher les poutres du plafond, dévorant tout sur leur passage.

11

LES lumières s'éteignirent. En toussant, pliée en deux, Sassy se dirigea à tâtons vers le bureau. Lorsqu'elle en franchit le seuil, la porte était déjà en feu. Elle se jeta sur le téléphone pour appeler les pompiers.

– Ici le *Courrier*! hurla-t-elle dans l'appareil. Au feu! Vite!...

Une fulgurante douleur lui fit lâcher le combiné avant qu'elle n'ait eu le temps d'en dire plus. Baissant les yeux, elle vit avec horreur que les flammes qui jaillissaient de la corbeille à papier s'attaquaient maintenant à son pantalon. Prise de panique, elle le fit frénétiquement glisser sur ses jambes et le jeta à l'autre bout de la pièce.

L'antique bâtiment gémissait de partout, ses poutres vermoulues menaçaient déjà de s'effondrer. Au bord de l'asphyxie, Sassy sortit de la fournaise pour se jeter dans l'air froid de la rue. La jeune femme tenait à peine sur ses jambes lorsqu'elle traversa la rue. Elle s'adossa contre un mur et regarda, impuissante et fascinée, les flammes immenses qui s'élevaient de plus en plus haut dans le ciel.

En entendant le hurlement de la sirène des pompiers, elle eut à peine la force de tourner la tête en direction du camion rouge qui fonçait vers le siège du journal. Saisie de sueur froide, elle se laissa glisser le long du mur. Son cœur, elle le sentait, battait dangereusement vite, mais elle était incapable de la moindre réaction.

Les quelques piétons qui passaient par là s'arrêtèrent, médusés, devant le bâtiment en flammes. Les pompiers sautèrent à bas de leur camion et partirent à l'assaut de l'incendie, qui avait pris des proportions effrayantes, après avoir ordonné aux badauds de s'écarter. Sassy se releva comme elle put, les yeux fixés sur les flammes. Sa stupeur était telle qu'elle lui faisait presque oublier la lancinante douleur qui lui déchirait la jambe gauche.

Les gens affluaient de partout, emplissant la nuit de leurs cris qui couvraient presque le rugissement du brasier. Tout à coup, la douleur revint à la charge. Les yeux envahis de larmes, Sassy eut l'impression qu'on lui appliquait un fer rouge sur le mollet. Elle serra les poings et, baissant le regard, s'aperçut qu'elle n'était plus vêtue que d'un slip, et de son chemisier.

Il fallait à tout prix qu'elle trouve un médecin. son genou la faisait tellement souffrir qu'elle avait l'impression qu'il allait exploser d'un instant à l'autre. Elle voulut rejoindre sa voiture, mais réalisa que les clés étaient restées sur son bureau, à côté de la machine à écrire.

La douleur était maintenant intolérable. Secouée de sanglots, elle se mit à chercher dans la foule quelqu'un qui pourrait la conduire à l'hôpital.

Mark, qui comme tout le monde avait entendu les sirènes, traversa en courant les grappes de badauds qui faisaient écran devant le siège du *Courrier*. Soudain, il s'arrêta net en apercevant Sassy qui, titubant, semblait chercher désespérément quelqu'un. Ses joues étaient baignées de larmes, ses cheveux en désordre et couverts de cendres.

– Sassy! hurla-t-il en accourant vers elle. Qu'est-ce qui...?

– L'hôpital..., bredouilla-t-elle. Je vous en prie, dépêchez-vous! Vite!

Il n'était pas certain qu'elle l'ait reconnu, mais cela n'avait aucune importance. Il la prit par le bras et la conduisit, au milieu de la foule, jusqu'à son cabriolet garé au coin de la rue. Elle pleurait toujours.

– Sassy? Ça va?

– Non... Oh, Mark, j'ai tellement mal...

En l'aidant à s'installer dans sa voiture, il réaliser qu'elle était à demi nue et lui couvrit les jambes de son veston.

Le médecin de garde poussa un sifflement quand il eut examiné la jeune femme.

– C'est une sacrée brûlure que vous avez là, Sassy, déclara-t-il. Mais ne vous inquiétez pas, on va s'occuper de vous. Et maintenant, détendez-vous.

A mi-voix, le médecin échangea quelques mots avec son infirmière. Sassy était de nouveau au bord des larmes. Quant à Mark, il avait disparu.

Après un temps qui lui sembla infini, la douleur s'apaisa peu à peu. Toujours allongée, elle se décida à ouvrir les yeux et reconnut au-dessus d'elle les traits familiers du Dr Simmons.

– Oh, Lee... C'est vous? Je ne vous avais pas reconnu en arrivant...

– Ce n'est rien, je comprends, répondit celui-ci en souriant. Ne bougez pas trop, Sassy. La plaie est plutôt vilaine, mais vous avez de la chance, il n'y a aucune brûlure au troisième degré. Cela dit, il ne faudra pas oublier de la désinfecter régulièrement.

Ensuite, il lui demanda de raconter comment les choses s'étaient passées. Au cours de son récit, elle parvint à retenir ses larmes.

– C'est affreux, Sassy, dit enfin le médecin. J'ai bien entendu les sirènes, mais je n'aurais jamais imaginé que ce soit votre journal qui...

Secouant la tête, il préféra reporter son attention sur le pansement qu'il était en train de confectionner. Quand il eut fini, il inspecta les mains de la jeune femme.

– Pas mal du tout, observa-t-il. Aucune brûlure sérieuse, à peine une ou deux petites cloques. Vous pouvez rentrer chez vous, Sassy, ajouta-t-il en l'aidant à se relever. Reposez-vous pendant quelques jours si c'est possible, et revenez me voir demain pour me montrer cette jambe. Voulez-vous que je demande à quelqu'un de vous raccompagner?

– Ce n'est pas la peine. Je pense que Mark Stewart doit être dans la salle d'attente. C'est lui qui m'a amenée.

Impassible, le Dr Simmons se tourna vers son infirmière.

— Voulez-vous aller chercher M. Stewart, mademoiselle Hughes? Dites-lui que Mme Dale est prête à rentrer chez elle.

Lorsque l'infirmière fut partie, il décocha à Sassy un clin d'œil malicieux.

— Eh bien! siffla-t-il. Je savais que les mini-jupes revenaient à la mode, mais pas à ce point-là!

Baissant les yeux, Sassy réalisa qu'elle était toujours jambes nues sous la courte blouse d'infirmière qu'on lui avait prêtée.

— Dr Simmons, le fait que nous ayons été au lycée ensemble ne vous autorise pas à de telles familiarités! déclara la jeune femme avec une feinte indignation.

— Parfait, dit le médecin en souriant. Je retrouve la Sassy que j'ai toujours connue. En arrivant ici, vous étiez méconnaissable. Et maintenant, soignez-moi bien cette jambe. Encore une fois, je suis navré pour le *Courrier*. Qu'allez-vous faire?

— Je ne sais pas, Lee. Mon journal est parti en fumée. Je vais peut-être partir vers l'est, à New York ou ailleurs, pour quelque temps. Je crois que je ne pourrai pas supporter Carmel si la ville change.

— Vous croyez que le projet sera accepté?

— J'en ai bien peur.

Lorsque Mark arriva, il se tourna d'abord vers le médecin.

— Ce n'est pas trop grave, docteur?

— Non, répondit Lee. Simplement, il faut éviter l'infection. Elle souffrira un peu pendant quelques jours, mais il ne restera bientôt plus trace de cette brûlure. Elle a eu de la chance.

Dans la voiture de Mark, sur le chemin du retour, une foule de questions se bousculaient au seuil de la conscience de Sassy. L'enchaînement des événements était troublant. Après les pneus crevés, la brique jetée par la fenêtre du bureau, son journal venait de prendre feu. Pouvait-il s'agir d'une simple coïncidence? Baissant la tête, elle tenta de retenir ses larmes.

– Ça va, Sassy? lui demanda doucement son compagnon en s'arrêtant devant chez elle. Vous avez encore mal?

– Ça va, marmonna-t-elle sans lever les yeux.

Arnold était-il capable d'avoir commis une telle monstruosité? Elle avait peine à le croire. Depuis l'arrivée de Potter et Singleton, les catastrophes s'étaient accumulées. Mark lui avait confié un jour qu'ils étaient prêts à tout pour obtenir gain de cause. Elle lui glissa un coup d'œil en coin. Se pouvait-il qu'ils soient à l'origine de l'incendie?

S'étant tourné vers elle, Mark tenta en vain de deviner le cours de ses pensées. Son joli minois n'exprimait pas la moindre émotion.

– Sassy, n'allez surtout pas croire que nous avons quelque chose à voir avec l'incendie du *Courrier*. Nous ne sommes pas des pyromanes. Vous pouvez me faire confiance.

– Je ne crois rien, Mark. Je ne comprends plus rien, de toute façon, je n'ai pas envie d'en parler maintenant.

Comme elle faisait mine de sortir, il la retint par le bras.

– Laissez-moi entrer un peu avec vous, Sassy. Il ne faut pas que vous restiez seule.

– Non, lâcha-t-elle en lui tendant son veston après s'être extirpée du cabriolet. Rentrez chez vous. Il faut que je prévienne ma mère, au cas où elle ne serait pas encore au courant. Merci de votre aide, j'en avais grand besoin.

Après avoir déniché le double de sa clé au fond d'un pot de fleurs, la jeune femme entra chez elle et referma la porte sans se retourner. Quand elle eut disparu, Mark mit le contact et démarra tout en se demandant, lui aussi, qui pouvait être à l'origine de l'incendie.

Après avoir tenté en vain d'appeler sa mère, Sassy alla se débarbouiller le visage, puis se déshabilla et enfila un peignoir en éponge. Les soins attentifs de Lee Simmons avaient considérablement calmé sa douleur. Elle fit du café. Au moment où, de retour au salon, elle s'apprêtait à porter la tasse fumante à ses lèvres, la sonnette de l'entrée tinta.

– Bonsoir, maman, dit-elle après avoir ouvert.

– Comment vas-tu ? s'enquit celle-ci d'une voix rendue coupante par l'inquiétude.

– Bien, fit Sassy, le plus naturellement possible. Je suppose qu'on t'a dit que j'étais à l'hôpital, mais Lee Simmons a fait des merveilles. C'était une simple brûlure, rien de plus. Il m'a garanti qu'il ne resterait bientôt rien.

Au lieu d'aller directement s'asseoir sur le canapé comme d'habitude, Mme Lindley resta immobile et secoua la tête.

– Cette fois-ci, mon enfant, c'est vraiment la fin

de tout. Le *Courrier* n'existe plus. Il va falloir que tu te trouves autre chose. Tu as bien assez joué les porte-drapeau de Carmel. J'ai passé des années à m'inquiéter pour ton père, et voilà maintenant que toi, tu...

Au bord du désespoir, elle se tordit les mains.

– Tu es comme lui, Sassy. Tu ne te rends pas compte des risques que tu prends en défiant les autres. Je me demande quelquefois si tu as toute ta tête! ajouta-t-elle d'une voix tremblante, mais douce. Ce n'est pas raisonnable, mon enfant. Regarde ce qui vient d'arriver ce soir! Tu aurais pu... Tu...

Les mots se brisèrent au seuil de ses lèvres.

– Voyons, maman, viens t'asseoir. A quoi bon s'affoler? C'est fini, maintenant. Je suis saine et sauve. Prends donc une tasse de café, je viens de le faire.

Au fond d'elle-même, elle ne se sentait guère en meilleur forme que Mme Lindley. Celle-ci partit se coucher bien plus tard, seulement après que Sassy lui eut répété cinquante fois que tout irait pour le mieux. Restée seule, la jeune femme se mit au lit, aussitôt assaillie de questions qui l'empêchèrent longtemps de trouver le sommeil.

12

SASSY se leva de bonne heure, après une courte nuit peuplée de cauchemars. Aussitôt éveillée, toutes ses pensées furent pour le *Courrier*, qui depuis sa petite enfance avait bercé sa vie. Au moment de s'habiller, elle laissa tomber les yeux sur sa jambe blessée et résolut de mettre, plutôt qu'un pantalon, une élégante robe de soie verte que lui avait offerte sa mère et qu'elle avait rarement eu l'occasion d'utiliser jusqu'à présent. Désormais, elle ne risquait plus de la maculer de taches d'encre.

Le défilé de visites ne tarda pas à commencer. Le premier à sonner fut le capitaine des pompiers Nelson, un homme de haute taille qui l'attendait tranquillement, casquette en main, sur le palier.

– Vous êtes sûre d'avoir suffisamment récupéré pour que nous parlions quelques minutes, Sassy ? J'ai entendu dire que vous aviez été blessée.

La jeune femme, très pâle, semblait épuisée.

– Ça va, dit-elle en s'effaçant. Entrez, capitaine.

Après avoir posé sa casquette sur la table, il

s'installa dans un fauteuil, sortit son calepin et chaussa ses lunettes.

– Je voudrais vous parler de cet incendie, Sassy. Vous êtes vraiment sûre d'être prête? Si vous voulez, je peux toujours repasser plus tard.

– Allez-y, capitaine, répondit-elle en s'asseyant à son tour. Je tiens à tout savoir.

Après un coup d'œil à son calepin, Nelson releva la tête et la considéra d'un air pensif.

– Nous savons ce qui s'est passé, annonça-t-il. D'ailleurs, ça n'a pas été trop difficile. Je tiens à préciser que Chuck Thornton, qui était sur les lieux hier soir et ce matin, nous a conseillé de vérifier avec le plus grand soin s'il y avait des traces d'incendie criminel. D'après les derniers événements, il lui paraissait fort possible qu'il ne s'agisse pas d'un accident. D'ailleurs, avec tout ce qui se passe en ville en ce moment, je me posais moi aussi la question.

– C'est vrai, j'ai eu quelques ennuis ces jours-ci, opina Sassy, anxieuse de savoir.

– Bref, je puis vous assurer que nous avons tout inspecté, centimètre par centimère... Eh bien, c'est un court-circuit qui a déclenché l'incendie. L'installation électrique du bâtiment était complètement vétuste, Sassy. Il aurait fallu la changer depuis longtemps. C'est à se demander comment votre journal n'a pas pris feu plus tôt!

Le capitaine fit une pause, puis hocha énergiquement la tête.

– Oui, Sassy. Tout est parti d'un court-circuit. C'est un accident.

Après un silence interminable, Sassy se décida à prendre la parole.

– Quels sont les dégâts? interrogea-t-elle. Est-ce qu'on a pu sauver quelque chose?

– Eh bien, voyons, j'ai fait une petite liste, répondit le pompier en tournant la page de son calpin. Votre vieille linotype est morte, il n'y a aucun doute là-dessus. Plusieurs poutres se sont abattues sur elle. Cela dit, avec des réparations, vous pourrez peut-être récupérer plusieurs choses. La presse à imprimerie, je crois. Évidemment, je n'y connais pas grand-chose... Le gros problème, c'est qu'il vous faudra de toute façon trouver un autre local, ajouta-t-il en refermant son calepin. La charpente est sur le point de s'effondrer, et les murs ne valent pas beaucoup mieux.

Poussant un soupir, il se leva.

– Restez assise, Sassy. Il faut que j'y aille, mais je vous tiendrai au courant s'il y a du nouveau, vous pouvez compter sur moi. Mais ça m'étonnerait.

Il fit mine de partir, puis se retourna.

– Une dernière chose, dit-il. Vous êtes bien couverte par l'assurance?

Sassy haussa les épaules.

– Plus ou moins. Mais pas assez, j'en suis sûre. Étant donné l'état des lieux et la vétusté du matériel, je n'ai pas réussi à obtenir une police très avantageuse. De toute façon, elle ne suffira pas à couvrir la perte essentielle, celle de la linotype. Ce modèle n'existe plus depuis longtemps, et je ne vois pas comment l'argent de l'assurance pourrait me permettre d'acheter une machine moderne.

– Je suis désolé de ce qui vous arrive, Sassy, fit

le pompier en ouvrant la porte. Soignez-vous bien.

En sortant, il faillit percuter Mme Lindley, qui venait aux nouvelles. Il lui répéta brièvement ce qu'il avait dit à Sassy, puis s'en fut.

– J'aurais dû rester avec toi hier soir, déclara la mère de Sassy en entrant à son tour. Tu as vu tes cernes? Je suppose que tu vas me répéter que tout va très bien, mais je ne te croirai pas. Aujourd'hui, pas question que je te quitte!

– Je commence à me demander de qui je tiens mon entêtement, observa Sassy avec un sourire en coin.

– Je n'en ai pas la moindre idée, répondit sa mère en riant. A voir ta tête, je sens que tu n'as pas encore pris ton café. Je t'apporte des beignets, ils sont encore chauds.

Elle allait entrer dans la cuisine lorsqu'on sonna de nouveau.

– J'y vais, lança Sassy en se levant.

– Je t'interdis de bouger, ordonna Mme Lindley d'un ton qui ne souffrait aucune réplique. Je suis sûre que le médecin t'a recommandé de ménager ta jambe.

Elle alla ouvrir.

– Tiens! lança-t-elle d'un ton enjoué. Entrez, mes amis. Vous arrivez juste à temps pour surveiller Sassy pendant que je prépare le café.

Harry et Tim entrèrent à la file, l'air inquiet, et prirent chacun une chaise.

– Ça va, Sassy? demandèrent-ils presque à l'unisson.

– A peu près... Je suppose que vous êtes au courant pour le journal. Tout est perdu?

– Oui, grommela Harry. Ce matin, j'y ai rencontré le capitaine des pompiers. Il m'a dit que c'est un court-circuit qui a tout déclenché.

Il hésita un instant, puis reprit la parole.

– Il faut voir le bon côté des choses, Sassy. De toute façon, on était fichus, on le savait tous, que ça nous plaise ou non. A la limite, plutôt que de vendre le *Courrier*, mieux vaut que ça se soit terminé comme ça.

– C'est vrai, renchérit Tim. Ça aurait été pire. Votre père et moi avons démarré ensemble, Sassy. Je commençais à me demander s'il ne fallait pas penser à ma retraite. Depuis le temps que je rêve d'aller pêcher en Alaska! Je travaille dans l'imprimerie depuis l'âge de quatorze ans, j'en ai maintenant soixante-cinq. Je crois que le moment est venu. Et puis, comme la linotype est fichue, vous n'avez plus spécialement besoin de moi. Si vous vous rachetez une autre machine, un jeune saura la faire marcher.

Mme Lindley apporta le café et les beignets. Malgré son manque d'appétit, Sassy s'efforça d'y faire honneur.

Quelques minutes à peine après le départ de Tim et Harry, Mark fit son entrée, un bouquet de fleurs multicolores en main. En l'apercevant, Sassy sentit une intense émotion lui étreindre le cœur.

– Bonjour, Sassy, murmura-t-il, l'œil soucieux, en lui tendant les fleurs. Comment vous sentez-vous ce matin?

– Comme toujours, répondit Mme Lindley avant de disparaître dans la cuisine. Entêtée, difficile, un vrai courant d'air. Je vais chercher un vase.

— Merci, Mark, fit Sassy en portant les fleurs à son visage pour les humer.

De tout autres préoccupations habitaient l'esprit de la jeune femme. Les paroles du capitaine des pompiers résonnaient encore au cœur de sa conscience. Au moins, ni Mark ni la société qu'il représentait n'étaient à l'origine de l'incendie. Elle se sentait peu à peu gagnée par une sorte de paix intérieure. Par-dessus les fleurs, elle contempla à la dérobée le beau visage de Mark, dont les cheveux étaient encore mouillés de la douche qu'il venait de prendre. Ses traits décidés, son allure virile et la douceur de son regard gris mirent en émoi les sens de Sassy.

— Sassy, j'ai quelque chose à...

Il fut interrompu par la sonnette de l'entrée.

— J'y vais, madame Lindley, lança-t-il en se dirigeant vers la porte.

Il disparut au coin du couloir. Un court silence s'instaura.

— Oh, bonjour, l'entendit dire Sassy. Oui, elle est ici. Entrez.

La jeune femme se demanda qui cela pouvait bien être. La voix de Mark lui avait paru étrange. L'instant suivant, la réponse à sa question se matérialisa, en chair et en os, devant elle. Palmer Jennings fit dignement son entrée dans le salon, un énorme bouquet de roses en main. Avant de s'arrêter, il jeta un coup d'œil intrigué par-dessus son épaule en direction de Mark, puis se tourna vers Sassy.

– C'est pour vous... ma chérie, annonça-t-il non sans fierté. Comment allez-vous?

– Très bien, Palmer. Asseyez-vous donc. Et vous aussi, Mark, dit-elle en considérant les roses. Elles sont très belles. Merci beaucoup. Je vais demander à ma mère de les mettre dans un vase.

Comme par enchantement, Mme Lindley apparut à cet instant, un vase en main. En apercevant Palmer, elle esquissa une grimace fugitive, mais se reprit avant que l'intéressé ne se soit aperçu de quoi que ce soit.

– Quelles belles fleurs! s'écria-t-elle d'un ton enjoué. Comment allez-vous, Palmer?

– Très bien, très bien. Mes parents m'ont chargé de vous dire qu'ils aimeraient beaucoup vous avoir à dîner avec votre fille, dès qu'elle sera rétablie.

– Je vous remercie, Palmer, fit Mme Lindley en rassemblant les fleurs pour les emporter à la cuisine. Nous leur téléphonerons.

Il y eut un silence.

– Je suppose que vous savez déjà que le *Courrier* a complètement brûlé, Palmer, dit enfin Sassy. Je crois donc que le moment est venu de mettre nos comptes à jour. Ce sera probablement la dernière fois, ajouta-t-elle avec un sourire amer.

– Mais ce ne sera pas la dernière fois que nous nous voyons, rétorqua-t-il en lui tapotant la main avec une jovialité forcée, non sans glisser à Mark un regard en coin.

Celui-ci se leva.

– Si ça ne vous dérange pas, Sassy, il faut que j'y aille. Soignez-vous bien.

Il salua Palmer, puis Mme Lindley en passant devant la cuisine, et s'en fut. Après s'être tordu le cou pour suivre des yeux son départ, Palmer se retourna vers Sassy.

– Il continue à vous importuner?

– Non, Palmer. Hier soir, il était sur les lieux. C'est lui qui m'a conduite à l'hôpital et m'a ramenée ici.

Palmer la dévisagea un instant.

– Je ne suis pas fâché qu'il quitte bientôt la ville, remarqua-t-il en souriant. On dirait qu'il en pince un peu pour vous, mon cœur.

– Nous sommes... ou plutôt, nous étions opposés sur ce projet de résidence, comme vous le savez, dit-elle d'un ton mélancolique. Maintenant que le *Courrier* n'existe plus, j'imagine que Logan obtiendra ce qu'il voudra. Vous avez raison, il ne tardera pas à quitter Carmel.

Ses yeux s'embuèrent, mais elle parvint à esquisser un semblant de sourire.

– J'aimerais vraiment que vous mettiez ma comptabilité à jour, Palmer. Je vais avoir besoin de savoir où j'en suis.

Il se pencha vers elle et lui pressa la main.

– Il faut que nous parlions de choses sérieuses, Sassy. Pourquoi toujours tout remettre à plus tard, maintenant que vous n'êtes plus accaparée par le *Courrier*? Cette maison sera incessamment mise en vente. Nous pourrions passer notre lune de miel à Hawaii et profiter de notre absence pour la faire repeindre.

Sassy posa sur lui un regard étonné. Palmer, décidément, ne lâchait pas prise facilement.

– Non, Palmer. Je ne peux pas vous épouser. S'il vous plaît, ne...

Il pressa sa main plus fort.

– Je vois, Sassy, vous êtes bouleversée, c'est bien naturel. Nous reparlerons de nos projets quand vous vous sentirez mieux. Je vais vous laisser, mais je reviendrai bientôt.

Il lui déposa sur les lèvres un baiser glacé, puis se rendit à la cuisine.

– N'oubliez pas, madame Lindley, que mes parents aimeraient vous avoir toutes les deux à dîner... Sassy et moi avons d'importants projets à vous confier.

Dès que la porte d'entrée se fut refermée sur lui, Mme Lindley sortit de la cuisine et jeta sur sa fille un regard chargé d'interrogations.

– Sassy ! Qu'est-ce que c'est que cette histoire ? Tu ne vas tout de même pas...

La jeune femme se cala dans le canapé en secouant la tête.

– Il est incroyable, maman. Il ne veut pas comprendre que je ne veux pas de lui. J'ai beau le lui répéter, ça ne sert à rien.

Elle se tourna vers la fenêtre et poussa un soupir.

– Dès que j'aurai tout réglé ici, je partirai pour quelque temps.

Il fallut près d'une semaine à Sassy pour trouver le courage de se rendre sur les lieux de l'incendie. Entre-temps, elle avait appris que Potter et Singleton, désormais certains que le projet serait adopté, avaient quitté la ville. En revanche, elle n'avait aucune nouvelle de Mark. Plusieurs personnes lui écrirent, lui téléphonèrent, lui envoyèrent des fleurs pour lui exprimer leurs regrets. Plus les jours passaient, plus elle avait du mal à cacher son amertume.

Après s'être garée, elle contempla en silence les ruines du *Courrier*. La plupart des décombres avaient déjà été déblayés. Le sol et les murs étaient noirs de suie. Elle avait l'impression de se recueillir devant le caveau de famille.

Elle se décida enfin à rentrer. En arrivant devant chez elle, elle reconnut le cabriolet de Mark, qui était installé au volant. Visiblement, il l'attendait.

Son cœur fit un bond. Tentant de dissimuler son trouble, elle sortit de sa voiture tête haute. Il fit de même et la rejoignit l'instant suivant.

— N'entrez pas maintenant, Sassy, dit-il d'une voix ferme. Nous avons du travail.

— Du travail? Je ne comprends pas.

— Vous ne voulez pas venir avec moi pour inspecter le nouveau siège du *Courrier*?

Désarçonnée, elle leva sur lui ses grands yeux, cherchant à percer le sens de ses paroles. Il affichait un sourire rayonnant.

— Que voulez-vous dire? balbutia-t-elle. Tout est fini, Mark. Le *Courrier* n'est plus qu'un tas de cendres.

— Vraiment? fit-il en l'entraînant par le bras vers le cabriolet. Dans ce cas, vous feriez mieux de me suivre. On vient de livrer votre linotype. Il faut absolument que vous nous disiez à quel endroit vous voulez qu'on l'installe.

13

– Ma linotype? répéta-t-elle, stupéfaite.

Après s'être installé au volant, Mark mit le contact.

– Je vous ai dit un jour que dans ma jeunesse, j'ai vendu des journaux dans l'Oregon pour un homme qui avait une vieille linotype. Ces jours-ci, j'ai téléphoné là-bas à tout hasard... Vous savez qu'il n'y a pratiquement plus de demande pour ces machines. S'il est difficile d'en trouver, il est encore plus dur de s'en débarrasser. Quelqu'un a eu la gentillesse de prospecter pour moi, et il a fini par la dénicher, couverte de toiles d'araignées, dans un hangar abandonné à la sortie de la ville. Quand il m'a rappelé, je lui ai demandé de la charger dans un camion et de l'envoyer à Carmel. Elle est arrivée il y a quelques jours, et je l'ai déposée au garage Flory pour la faire nettoyer. Elle fonctionne parfaitement.

Pendant de longs instants, Sassy resta silencieuse et immobile, les yeux fixés sur les rangées de jardins qui défilaient de part et d'autre de la route. Elle avait l'impression qu'elle ne se trouverait jamais les mots pour exprimer ce qu'elle ressentait.

174

Enfin, elle tourna vers lui ses grands yeux verts.

– C'est vrai, Mark? demanda-t-elle, le souffle court. Vous avez trouvé une linotype?

– Oui, confirma-t-il joyeusement. Elle est vieille, mais j'ai l'impression qu'elle marche aussi bien que la vôtre.

– Mais..., balbutia-t-elle d'une voix tremblante, pourquoi avez-vous fait ça, Mark? Vous savez bien que le *Courrier* n'existe plus. Je croyais qu'au contraire, ça vous arrangeait d'être débarrassé de...

– Je suis régulier, il me semble vous l'avoir déjà dit. A quoi bon lutter contre un adversaire désarmé?

Sassy poussa un profond soupir et s'adossa à la portière.

– Je ne sais pas comment vous remercier, murmura-t-elle. Et je... je ne suis même pas sûre de vous comprendre.

Les yeux brouillés de larmes, elle se redressa.

– Mark, il n'y a pas de mots pour vous témoigner ma gratitude. Merci mille fois... Mais je veux être honnête avec vous. Malgré tout ce que vous faites pour moi, ajouta-t-elle d'une voix plus assurée, je ne changerai jamais d'avis. C'est impossible. Si j'ai le temps et les moyens de publier mon journal avant la prochaine réunion du conseil municipal, je...

Renversant la tête en arrière, Mark éclata de rire.

– Je retrouve enfin Sassy Dale! s'exclama-t-il. Elle commençait à me manquer!

Un instant plus tard, ils s'arrêtèrent devant une vieille bâtisse de taille respectable.

– J'ai prévenu Tim et Harry, expliqua Mark. Ils doivent être déjà arrivés.

Il ne se trompait pas. En pénétrant dans l'ample bâtiment aux allures de hangar, Sassy découvrit Tim penché sur une grosse linotype remisée dans un coin de la salle. Il l'examinait sous toutes les coutures, lâchant de temps en temps un hochement de tête approbateur. Harry se tenait non loin, les mains dans les poches. En apercevant Sassy, il lui décocha un grand sourire.

– Sassy! lança-t-il. Vous avez vu ça? C'est épatant, pas vrai, Tim?

Celui-ci, le nez dans la machinerie, se redressa lentement pour leur faire face.

– Quand je pense que j'ai failli prendre ma retraite! s'écria-t-il. Nom d'une pipe, je meurs d'envie de faire marcher cette merveille!

– Pas besoin de vous dire ce que tout ça signifie pour Sassy, dit Harry à Mark en désignant la machine. Bon sang, Stewart, vous êtes de loin le promoteur le plus formidable que j'aie jamais rencontré!

Souriant, Mark se contenta de hausser les épaules.

– Un sacré numéro, on peut le dire! renchérit Harry. Eh, Sassy, réfléchissez un peu aux aménagements que vous voulez faire. Pendant ce temps, Tim et moi allons faire un saut à l'entrepôt pour voir dans quel état est la presse d'imprimerie. L'autre jour, j'ai eu l'impression qu'elle n'avait pas beaucoup souffert, mais vu les circonstances, je n'y ai pas regardé de trop près. Franchement, je ne pensais pas qu'on la réutiliserait de sitôt. Si elle est en état de marche, je la ferai livrer tout de suite. Comme ça, vous pourrez nous dire dès aujourd'hui où vous voulez la mettre.

Après le départ de ses deux fidèles collaborateurs, Sassy arpenta longuement les lieux sans rien dire. Elle connaissait vaguement cet endroit, qui avait appartenu au vieux Hannigan, mais qui était abandonné depuis belle lurette. Il consistait en une immense pièce nue aux murs de bois. La linotype, pourtant de belle taille, paraissait minuscule au milieu d'un tel espace. Étant donné l'état général des lieux, elle savait que le loyer n'était pas très élevé.

Une lueur d'inquiétude passa dans ses yeux. Il lui faudrait sans doute des semaines de travaux avant de pouvoir lancer le prochain numéro de son journal. Entre-temps, Arnold et Logan auraient sûrement obtenu leurs permis de construire. Peut-être même les premiers bulldozers auraient-ils commencé à retourner la terre des prairies de Sylvan Shores. Il serait bien trop tard. Carmel serait défigurée à jamais.

– Vous croyez que cet endroit fera l'affaire? demanda Mark, non sans une certaine appréhension. Quand j'ai su que je pouvais récupérer cette linotype, j'ai demandé à Tim et à Harry de se mettre à la recherche d'un local pour le *Courrier*. C'est tout ce qu'ils ont trouvé.

– Ils ne m'en ont pas dit un mot!

– C'est moi qui le leur ai demandé.

– Mais pourquoi?

– Comme je n'étais pas sûr qu'ils trouvent quelque chose, je ne voulais pas vous donner de faux espoirs.

Elle promena de nouveau ses regards sur la salle qu'elle allait devoir aménager de fond en comble, mais le seul fait de savoir le *Courrier* ressuscité suffit à lui donner courage. Les yeux scintillants de bonheur, elle se tourna vers Mark.

– Stewart, vous êtes un type formidable! Un jour, je vous revaudrai ça, c'est promis. En attendant, mille fois merci. Mais attention : je vais faire tout ce que je peux pour sortir un numéro dès cette semaine, ne serait-ce qu'une simple feuille volante! Vous voilà prévenu, vous feriez mieux d'affûter vos armes! La bagarre reprend!

– On en reparlera plus tard, répondit Mark en riant. Pour l'instant, on a du pain sur la planche.

Il alla jusqu'à la porte de derrière pour s'assurer que rien, dans l'allée, n'empêcherait le passage de la presse d'imprimerie lorsque celle-ci serait livrée.

– Tiens, tiens... Vous allez sortir votre journal cette semaine, Sassy?

En reconnaissant la voix, la jeune femme pivota sur elle-même et se retrouva face à face avec Arnold Burtis, qui était planté sur le seuil du bâtiment, les bras croisés sur la poitrine. Il arborait un sourire goguenard.

– Et comment! lui lança Mark, aussitôt revenu sur ses pas.

Il hésita un instant, puis esquissa un grand sourire.

– Eh bien, Burtis! Vous n'avez plus rien à dire?

Le politicien était tellement stupéfait qu'il sortit à reculons et, arrivé dans la rue, s'éclipsa à grands pas. Les mains dans les poches, Mark revint nonchalamment vers Sassy.

– Vous avez vu ça? lança-t-il gaiement. Vous avez entendu ce que je lui ai dit? La tête qu'il faisait!

Ensemble, ils éclatèrent de rire.

Peu à peu, Sassy parvint à reprendre son sérieux. Les yeux encore mouillés de larmes, elle se tourna vers Mark.

– Sérieusement, Mark, vous ne pensez pas que vous êtes allé un peu trop loin? Vous travaillez pour Logan, il me semble. Vous croyez vraiment que vos patrons seront ravis d'apprendre ce que vous venez de dire?

– Disons que je m'en fiche complètement. Cela dit, il est vrai que mon comportement ces derniers temps ne les rendaient pas particulièrement enthousiastes.

– Mais...

– Allez, au boulot. On a des tas de choses à voir, des listes à faire. Par exemple, il manque une machine à écrire.

– J'en ai une à la maison. Et des chaises, aussi.

Le lendemain matin, les passants surpris s'arrêtaient un instant devant l'antique bâtiment qui, après un si long abandon, bourdonnait à présent d'une activité fébrile.

A l'intérieur, perchée sur une échelle et marteau à la main, Sassy clouait la partie supérieure d'une cloison de bois destinée à séparer l'atelier d'imprimerie du bureau. Lorsque Mark arriva, elle lui décocha un grand sourire.

– Vraiment, je ne sais pas quoi dire, lui lança-t-elle. Je crois que je n'ai jamais été aussi heureuse. Comment pourrai-je vous remercier?

– La plus belle récompense, pour moi, c'est de vous entendre dire que vous n'avez jamais été aussi heureuse. Cela dit, vous n'auriez peut-être pas dû monter sur cette échelle. Comment va votre jambe ?

– Je ne sens plus rien, dit Sassy en martelant un clou.

Mark l'observa pendant quelques instants, puis proposa de la remplacer.

– Bonne idée, approuva Sassy. Pendant ce temps, je vais me mettre à la peinture. Cet endroit a décidément besoin d'un coup de rouleau.

Une fois descendue de son perchoir, elle s'approcha des bidons de peinture posés contre le mur. Sa mère entra sur ces entrefaites.

– Sassy, il te faut plus de main-d'œuvre, sans quoi tu n'y arriveras jamais, même si Tim et Harry viennent en renfort.

Après avoir inspecté la salle, Mme Lindley fit mine de repartir vers sa voiture.

– Tu as besoin d'aide, Sassy, lança-t-elle de loin. Je vais chercher mes amies du cercle de bridge.

Avant que la jeune femme n'ait eu le temps de répondre quoi que ce soit, elle monta dans sa voiture et démarra.

– Elle en est tout à fait capable, confia-t-elle à Mark. Ce que j'espère, c'est que ses amies refuseront de venir. Dans l'ensemble, elles ne sont pas particulièrement jeunes pour se lancer dans des travaux de force.

Une heure plus tard, une grosse Lincoln s'arrêta devant le bâtiment et déversa sur le trottoir une troupe de femmes chargées de sacs en plastique qui envahirent aussitôt la salle en chantier.

Mme Hefling-Jones, qui portait sa veste de vison, s'arrêta sur le seuil et regarda Sassy.

— Eh bien, ma chère, il paraît que vous avez besoin d'aide? Votre mère, qui nous a demandé de venir, ne va pas tarder à nous rejoindre. Et maintenant, dites-moi ce que vous voulez que je fasse, dit-elle en plongeant la main dans son grand sac. J'ai apporté un marteau. En toute modestie, je suis capable de clouer n'importe quoi n'importe où.

Derrière Sassy, Mark pouffa brièvement, puis dissimula son hilarité en feignant une quinte de toux subite.

— Si vous voulez, déclara-t-il, reprenant son calme, vous pouvez vous occuper de la partie inférieure de la cloison que je suis en train de fixer. Vous trouverez tous les clous qu'il vous faut dans ce sac bleu.

Mme Hefling-Jones le considéra avec surprise.

— Excusez-moi, mais... n'êtes-vous pas le sinistre individu qui cherche à défigurer la ville?

Mark resta bouche bée.

— Eh bien, je... Oui, c'est moi... Mais je...

— Dans ce cas, qu'est-ce que vous faites ici? interrogea-t-elle sèchement en ôtant sa veste, qu'elle accrocha à un clou.

— Je... je donne un coup de main.

— Très bien. Après tous les ennuis que vous nous avez causés, vous avez plutôt intérêt à vous rendre utile, jeune homme! Et j'y veillerai, croyez-moi! ajouta-t-elle en prenant une poignée de clous.

Sous l'œil amusé de Sassy, il rougit, ouvrit la bouche puis la referma et, haussant les épaules, remonta sans rien dire sur son échelle.

Les autres femmes se mirent également au travail. Plusieurs entreprirent de lessiver le sol, puis de balayer, tandis que deux autres s'attaquaient aux vitres de la façade, qui n'avaient pas dû voir une éponge depuis dix ans.

Un peu plus tard, Sam, le peintre, arriva au volant de sa camionnette et, reconnaissant Mark, l'interpella depuis le seuil.

— Vous auriez dû me dire que c'était pour la bicoque du vieux Hannigan, lança-t-il. Je vous aurais conseillé de prendre plus de peinture. Vous n'en aurez jamais assez.

Sans attendre de réponse, il retourna à l'arrière de sa camionnette et en sortit deux énormes pots de peinture qu'il déposa près de l'entrée du bâtiment.

— Ça vous dépannera, expliqua-t-il. Et j'en ai d'autres dans la camionnette.

Sassy s'approcha.

— Ça fait beaucoup, Sam, intervint-elle. Je mettrai peut-être un petit peu de temps pour tout vous payer. J'espère que vous me faites confiance.

— Sassy! Laissez tomber, voulez-vous? Depuis des années, vous faites des pieds et des mains pour Carmel. Alors, pour une fois que j'ai l'occasion de vous remercier... D'ailleurs, ajouta-t-il en rougissant tout à coup, je devrais...

Sans terminer sa phrase, il repartit vers sa camionnette, y prit son matériel de peintre, revint, ouvrit un pot de peinture et se mit aussitôt à l'ouvrage sur le plus grand mur.

— Voyons, Sam, votre atelier devrait déjà être ouvert, protesta Sassy. Vraiment, vous ne devriez pas...

– Sassy, vous m'avez fait vivre assez longtemps avec toutes les pancartes que vous m'avez commandées, déclara-t-il en riant à belles dents.

– Sassy ?

La jeune femme se retourna et aperçut M. Herkimer, le propriétaire du magasin de meubles, sur le pas de la porte. Devant lui, une machine à écrire était posée par terre. Il se dandinait d'un pied sur l'autre, quelque peu embarrassé. Sans doute était-ce parce qu'il lui avait récemment retiré son budget publicitaire, songea-t-elle aussitôt.

– Vous aurez peut-être l'usage de ceci, déclara-t-il timidement.

Posant son rouleau, elle s'approcha. La machine était flambant neuve.

– En effet, dit-elle, souriante. Merci beaucoup, monsieur Herkimer. Je suis vraiment touchée.

– Je vous dois des excuses, Sassy, expliqua-t-il à mi-voix. Je ne sais pas ce qui m'a pris. Ils m'ont complètement embobiné. Je vous promets que ça n'arrivera plus, ajouta-t-il en lui tapotant la main. Dans mon entrepôt, j'ai un certain nombre de meubles qui pourraient vous servir. Un bureau, des étagères, deux placards à fichiers... Ce sont des vieux modèles mais ils n'ont jamais servi.

Émue, Sassy inspira profondément avant de répondre.

– Monsieur Herkimer, j'aimerais beaucoup pouvoir les prendre, car c'est exactement ce dont nous avons besoin. Mais vous devez comprendre que...

– Non, Sassy, coupa le visiteur en levant la main. Je me suis conduit comme un imbécile,

Burtis m'a mené par le bout du nez, et je tiens à me faire pardonner. Je vous les offre. D'ailleurs, je ne suis pas le seul à commencer à me poser des questions. John Halford et Dick McCabe, par exemple, sont eux aussi en train d'ouvrir les yeux. Votre père et vous avez toujours pris fait et cause pour nous, et nous n'avons rien trouvé de mieux à faire que de vous laisser tomber au pire moment. Demain matin, je vous ferai livrer les meubles ajouta-t-il en partant vers la porte. Ne protestez pas, Sassy, j'y tiens absolument.

Peu après, Mme Lindley arriva avec plusieurs autres de ses amies. Elles se mirent aussitôt au travail. Vers midi, ce fut au tour de Bill Donahue, le patron du gril, de faire son entrée avec un de ses aides-cuisiniers.

– Voilà le casse-croûte, Sassy, annonça-t-il joyeusement. Le travail, ça creuse! C'est ma tournée.

Sur une table improvisée à l'aide de planches, il disposa bientôt une vingtaine de hamburgers et de cafés fumants, que chacun vint prendre après s'être lavé les mains dans la bassine.

– Monsieur Donahue, déclara Mme Hefling-Jones, vos hamburgers sont tout simplement exquis. Comment ai-je pu l'ignorer si longtemps? Désormais, je vous promets d'être une cliente assidue.

Comme pour illustrer son propos, elle prit goulûment un deuxième hamburger, sous l'œil stupéfait de Tim et Harry, qui venaient de revenir et avaient du mal à comprendre tout ce qui se passait.

En fin d'après-midi, Mme Lindley et ses amies,

épuisées, prirent congé en jurant qu'elles s'étaient rarement autant amusées. Après les avoir raccompagnées, Sassy jeta sur la salle un regard incrédule. Tout était propre et pimpant. L'atelier était séparé du bureau par une cloison impeccable, peinte comme tous les murs d'un blanc immaculé. En une seule journée, avec l'aide d'une poignée de bénévoles, la vieille bicoque avait subi une complète métamorphose. La presse avait été livrée et installée dans l'arrière-salle. Demain matin, elle recevrait son mobilier.

— Pas mal, n'est-ce pas? dit Mark en lui prenant la main.

Elle se tourna vers lui, les yeux soudain emplis de larmes. Un peu honteuse, elle les essuya aussitôt d'un revers de main.

— Je ne sais pas quoi dire, Mark, commença-t-elle d'une voix tremblante. C'est à vous que je dois tout ça.

A cet instant, Tim et Harry revinrent de l'atelier. Ils parvenaient mal à dissimuler leur enthousiasme.

— Hé, Sassy, lança Harry, figurez-vous que nous avons réussi à mettre la presse en marche. Ça n'est pas parfait, mais elle fonctionne. Et plutôt bien.

— Cette linotype est un vrai bijou, renchérit Tim. Sapristi, elle chante comme un oiseau. Je la trouve meilleure que l'autre.

Ils se consultèrent du regard, puis Harry reprit la parole.

— Tim et moi, on pense qu'on pourrait sortir un numéro dès la fin de la semaine, annonça-t-il fièrement.

Sassy, folle de joie, les serra dans ses bras l'un après l'autre.

Comme ils s'apprêtaient à partir, Chuck Thornton fit son entrée dans la salle, qu'il contempla un long moment d'un air hébété.

– Jamais je n'aurais cru qu'une chose pareille soit possible, fit-il en secouant la tête. Mais avec vous, Sassy, on finit par ne plus s'étonner de rien. En ville, on ne parle que de votre nouveau siège.

Après avoir jeté un coup d'œil à l'atelier, il revint se planter, l'air grave, devant la jeune femme.

– J'ai des nouvelles pour vous, déclara-t-il. Nous avons retrouvé vos vandales.

– Alors?

– Comme vous le savez, nous soupçonnions Arnold Burtis, mais il avait un alibi.

– Un mariage à San Francisco, opina Sassy.

– Exact. Alors, nous nous sommes intéressés à son beau-frère. Tout le monde sait qu'il fait des pieds et des mains pour se faire remarquer d'Arnold... Bref, il y a quelques heures, nous avons interrogé deux petits voyous dont on nous avait signalé qu'ils étaient pleins aux as, alors qu'ils ne travaillent ni l'un ni l'autre. C'est comme ça que nous avons découvert la vérité.

– Ce sont eux qui ont crevé mes pneus et cassé ma vitre?

– Affirmatif. Ils n'étaient pas loin de s'en vanter, d'ailleurs. Ils prétendaient être protégés par quelqu'un de haut placé.

– Arnold?

– Non, son beau-frère. C'est lui qui les a payés

186

pour arranger le coup. Ces deux crétins ne se sont pas fait prier.

– J'espère qu'il ne s'en tirera pas comme ça, intervint Mark, une pointe de colère dans la voix.

– Justement, je m'apprête aller le trouver pour lui poser quelques questions. Bon, j'y vais de ce pas. Au fait, Sassy, ajouta-t-il en sortant, je vous conseille de demander aux pompiers de vérifier votre installation électrique. On n'est jamais trop prudent.

Resté seul avec la jeune femme, Mark l'enlaça.

– Rentrons, Sassy. Vous avez l'air épuisé. J'avais envie de vous inviter au restaurant, mais je crois qu'il serait plus raisonnable de vous déposer chez vous. Ensuite, j'irai faire quelques courses et je reviendrai vous mitonner un bon petit dîner.

Sassy hocha la tête en souriant, bouleversée par tout ce qui venait de se passer.

– Champagne, madame?

Ouvrant les yeux, elle se redressa sur le canapé et considéra avec amusement Mark qui, la taille ceinte d'un tablier de cuisine, lui tendait un plateau d'argent. Malgré son étrange accoutrement, elle le trouva charmant.

– Le dîner est sur le feu, annonça-t-il. En attendant, buvons un peu de champagne. J'ai encore deux ou trois petites choses à vous raconter.

– Après ce qui s'est passé, rien ne pourrait m'étonner, déclara Sassy, souriante, en prenant une coupe.

Mark s'assit face à elle et la regarda longuement.

– Vous savez peut-être que je me suis absenté plusieurs jours cette semaine, commença-t-il. En fait, je suis rentré au siège de la société Logan en même temps que Potter et Singleton. Je voulais profiter d'une réunion du conseil d'administration pour annoncer ma décision.

Sassy sursauta, le cœur battant.

– J'ai démissionné. Je ne sais pas pourquoi, mais mon travail a cessé de m'intéresser. J'ai découvert que moi non plus, je n'avais pas envie que Carmel change. J'aime ce village et les gens qui y vivent.

Elle le regarda longuement avant de prendre la parole.

– Mais, Mark, je ne comprends pas. Comment pouvez-vous démissionner si vous êtes...

– Actionnaire ? Je ne le suis plus, Sassy. Mardi dernier, j'ai revendu la totalité de mes parts. J'ai décidé d'investir... dans la presse écrite. Plus précisément dans un journal de Carmel.

Un instant, Sassy crut défaillir. Puis un sourire radieux illumina tous ses traits.

– Vous... Nous...

Mark lui prit sa coupe des mains, la posa sur la table basse, puis attira la jeune femme à lui pour la prendre dans ses bras.

– Bien sûr, tout dépend de vous, murmura-t-il tendrement. Je ne sais pas si vous êtes d'accord pour prendre un associé. Tim a déjà accepté de m'apprendre à faire marcher la linotype. D'après lui, je suis assez doué.

Incrédule, Sassy le considéra d'un œil émerveillé.

– C'est d'accord... cher associé, finit-elle par murmurer.

– Encore une chose, Sassy. A mon avis, le *Courrier* doit rester une affaire de famille. Ce qu'il faudrait, quand vous et moi aurons atteint l'âge de la retraite, c'est que nos enfants reprennent le flambeau. Qu'en pensez-vous?

– Accordé, souffla-t-elle, rayonnante de bonheur.

Il se pencha sur elle et l'embrassa avec passion, soulevant en elle une tempête de désir trop longtemps contenue. Le souvenir de la nuit enchanteresse qu'ils avaient partagée fit irruption dans sa mémoire. Haletante, elle se lova contre lui, avide de baisers.

– Sassy, lui glissa-t-il à l'oreille d'une voix sourde. Si nous...?

– Accordé! répondit-elle, une lueur espiègle dans le regard.

Pris de scrupules, il hésita un instant.

– Vous... Vous êtes blessée, Sassy. Je ne voudrais pas vous faire mal...

– J'ai seulement mal à la jambe, pouffa-t-elle avec un rire sensuel.

Fou de désir, il l'embrassa de plus belle. Soudain, une pensée traversa l'esprit enfiévré de la jeune femme et elle s'écarta.

– Mark, le dîner! Il va brûler!

Il lui sourit et repoussa du pied la porte de la chambre.

– Pourquoi croyez-vous que j'ai choisi de faire un pot-au-feu? demanda-t-il, malicieux.

Le vendredi suivant, la salle du théâtre municipal était déjà comble une demi-heure avant l'ouverture officielle de la réunion du conseil municipal. Derrière le rideau qui masquait la scène, Arnold Burtis faisait nerveusement les cent pas, mal à l'aise. Il savait que Sassy était parvenue à relancer le *Courrier*. Il lui restait cependant une dernière chance. Si elle ne parvenait pas à sortir le premier numéro avant le vote final, il aurait partie gagnée.

Il jeta un coup d'œil inquiet à Potter, qui attendait silencieusement la levée du rideau. A l'évidence, lui non plus n'en menait pas large. Il ne restait plus rien de sa belle assurance. Arnold rajusta sa cravate, consulta sa montre et écarta un pan du rideau pour jeter un coup d'œil sur le public.

– Prêt, monsieur Potter? demanda-t-il en se retournant.

L'homme aux cheveux gris hocha la tête.

Dès que le rideau se mit en branle, Arnold se composa un sourire de circonstance, qu'il eut bien du mal à garder en apercevant plusieurs membres du Comité de sauvegarde de Carmel distribuer un peu partout ce qui ressemblait à un journal de petit format. L'un d'eux s'approcha de la scène et lui en tendit deux exemplaires. Arnold en prit un et passa l'autre à Potter.

Les deux hommes pâlirent à l'unisson. C'était un exemplaire miniature du *Courrier*.

Ayant retrouvé un semblant d'aplomb, il commença son discours, mais s'arrêta au milieu de sa seconde phrase, bouche bée, en repérant

Sassy qui descendait l'allée avec une pancarte qui proclamait « Sauvons Carmel ».

Un long murmure parcourut l'assistance, ponctué de rires et d'applaudissements, qui redoublèrent et prirent l'allure d'une ovation lorsque Mark entra à son tour derrière Sassy, pancarte en main lui aussi, le sourire aux lèvres. Il n'en fallut pas plus pour faire basculer tous les indécis dans le camp de Sassy. Si le propre représentant de Logan manifestait contre son projet, il devenait évident qu'il n'apporterait rien de bon à Carmel.

Arnold, vaincu, recula de quelques pas et demanda à l'employé municipal de baisser le rideau.

LA COMPOSITION, L'IMPRESSION ET LE BROCHAGE DE CE LIVRE
ONT ÉTÉ EFFECTUÉS PAR LA SOCIÉTÉ NOUVELLE FIRMIN-DIDOT
MESNIL-SUR-L'ESTRÉE
POUR LE COMPTE DES PRESSES DE LA CITÉ
LE 30 AVRIL 1990

Imprimé en France
Dépôt légal : mai 1990
N° d'impression : 13968